U0074600

在另外一個世界死去

鄭南川
文集

自序

〰

　　一九八八年十二月，作為留學生，我從中國昆明到了加拿大的魁北克，攻讀近代歐洲史博士學位，沒想到一待就三十年了。這麼長的時間，與其說是新環境改變了我的生活，倒不如說人生經歷了脫胎換骨的洗禮，我看到了很多從未見到的事，一些事是留學出國第一次見到的，後來越來越多的人知道了。而更多的事只有自己經歷和感受過，變成了刻骨銘心的記憶，這是跨國的、跨文化和跨社會意識的感受，像驚喜那樣感動。這本書寫的就是那些感人的經歷，有悲傷的、奇妙的和很值得思考的，像是召喚我們去認識那個人們共同的世界。

　　書中記錄了我出國後到二零零九年（二十年間），經歷的一些生活片斷，不是一個完整的故事，只能說是在某些生活碰撞中留下的「縮影」，讓我們觸摸到一段人生成長的過程。其中值得「紀念」的兩件事，都是關於「死亡」的故事，我把它寫成了非虛構紀實文學作品。

　　〈在另外一個世界死去〉，講述了一段我親眼看到的「死亡」故事。雖然這是關於一個百姓的死亡，發生的那樣平淡，但折射出了世界最貧窮國家古巴的社會和貧民生活的現狀，在這樣一個國家裡，人的基本權利和人性本質是怎麼樣的。按照

這樣的思考，同樣折射著，怎樣看待一個國家的發展和存在的意義，在貧窮與發達中到底要摒棄和保留什麼，今天發達的加拿大和正在迅速發展的中國，如何從貧窮的古巴看到自己，作為人本身的存在，有著什麼樣最共同的東西。

〈病房日記〉記錄了自己經歷猝死的一段過程，我沒有離開這個世界，最終走了回來。二零零九年一天的早上四點，在上廁所時發生了那件不幸的事情，在後來長達半年的時間中，第一次感受了加拿大國家和醫療部門，是如何對待一個移民病人的，同樣讓我看到另一個發達國家的社會和人道主義。記錄這段經歷，從某個側面，比較出了世界的東方和西方，文明與落後，甚至對生命價值觀的意義和思考。在〈病房日記〉中，還客觀記錄了出國二十年那些瑣碎的生活經歷，用展示「畫面」的表達形式，粗略概述了我的一段不尋常的人生軌跡。那些經歷，是二零零零年代的事情，落下了那個時期的腳印而成為思考的「歷史」。應該說，這是兩篇身邊朋友不曾經歷或見過的故事，是寫給我那個年代生活的紀念。

除此以外，書中還選發了散文〈讓·克里夫先生的六封信〉，用非虛構的文學紀事，講述了我的一段真實經歷，這是一段「荒唐」而奇妙的故事，也是第一次在作品集中公開披露。

這本書，以非虛構方式記錄現實生活中的真實人物與真實事件，並以紀實或「報告文學」的方式展示出來，這是我的第

一次嘗試。這本書記錄的事實，畢竟是關於「我」的生活，可以說絕大部分內容都來自個人「私事」，從這一點上來說，需要付出極大的勇氣。我想說，這是一本站在自己心靈高度上的寫作，是在自我剖析中直立起筆桿的寫作，表達了作為一個作家，發自內心情感世界真實的呼喚和歎息，是對人性精神與生活本質的態度，用自己真正的生活說話。這些作品內容，沒有選擇紀實文學中報告文學意義上的大主題和大事件，而是小人物與「小故事」，講述一些「接地氣」的貧民生活，這正是我想做的。事實上，這樣的寫作讓我的心更加投入，更貼近讀者具體生活的「個體化」、社會性和貧民價值，是對現實意義很好的思考，會給予人們最真實的借鑒。

從寫作的出發點和形式看，圍繞著《在另外一個世界死去》這本書的非虛構主線，延伸的事實並非以故事性為主題，而是通過所見所聞和切身體驗，既是介紹，又是反思，加上以「我」說話的形式，把對事實思考的真實理念和想法，告訴讀者。非虛構表達，並非「全部」對號入座，事實的真實性是寫作的基本點，思考與精神上情緒的抒發，無法避免形式上的超越。

我相信，這本集子，無論從知識角度，生活體驗和人生價值觀的理解上，都會給你帶來某些積極的啟示。

鄭南川

目次

CONTENTS

1

在另外一個世界死去
——古巴紀實

引子

在這個地球上，「世界」並非一個，美國人認為自己的國家是最完美的，他們宣稱，那是最文明、自由、民主和強盛的世界，那裡發生的一切會更加真實和完美。我的祖地中國，是世界經濟發展最快的國家，中國人的夢想成為一片舉世矚目的精彩「世界」。而我看到了另外一個「世界」，它的名字叫古巴，是南美一個貧窮和弱小的國家。因為蒙特利爾到古巴乘坐飛機不過三個多小時，漫長的加拿大冬天，那裡成了最好的避寒之地，我曾去過多次。二零一四年二月，我有幸作為一個自由的獨立旅遊者，再次住進了古巴的一個家庭，親眼目睹了一次古巴貧民死亡的真實過程，感受了另一個「世界」面對死亡的不同經歷，這事一直讓我無法釋懷，於是寫下了這段文字。

（一）

走進古巴老人婭娜克希的家已經不是第一次了，她的兒子奧馬爾是我朋友凱樂的發小，凱樂是加籍古巴人，他們從小在一起長大的。每次到了古巴，都是由奧馬爾帶著我們到處遊覽參觀，有什麼需要幫忙的，總是由他負責。奧馬爾三十四歲，一個精瘦的男人，還和母親婭娜克希居住一起，是這個三個男孩家庭中最小的一個，在哈瓦那一個社區小學的食堂工作。他

性格活躍為人好，身邊的朋友不少，因為跳舞特別好，是社區的舞蹈骨幹。凱樂離開古巴前，和他曾在同一個舞蹈隊，古巴的生活是世界上最「悠閒」的，美國多年的封鎖，經濟落後，國家財富貧瘠，百姓的日子過得毫無「壓力」，工作或不工作，上大學與不上大學，在收入上沒有什麼區別，每一個家庭的收入幾乎一樣，一無所有，當然也沒有競爭。「代購券」由政府統一派發，是保障百姓基本生活的「憑證」，具體的說，每個人每個月分到幾塊雞肉，都是一目了然的，如果說到壓力，就是為吃飽飯奔波，能否吃飽飯是多數古巴人的問題，設法找點小錢，用小物換點食品，當然就是大家想做的事。很多古巴人的工作變得隨意，不工作時就聚在一起唱歌跳舞，這也是他們的性格特徵。

到他們家去，不僅是因為童年時的那份情意，凱樂說更多的是她對老人婭娜克希有著很深的感情。婭娜克希她是古巴人種膚色中的黑人，七十多歲了，她不大愛說話，從她臉上確實可以看到不少歲月的滄桑，除了腦門皺紋深厚，可能是因為很少使用膚霜的緣故，皮膚顯得有些粗糙。凱樂說，她三歲時母親病逝，父親獨自帶著她。與婭娜克希是鄰居，每天都和奧馬爾在一起玩，婭娜克希總是一把摟住自己，放在懷裡，喊叫著「『小瘦貓』給我待在這裡」，然後使勁地吻。那時身子瘦小，跑不出她的胳膊，也掙脫不了，不過她有時會把家裡有的東西塞到嘴裡，像幾顆花生米啊，門口樹上摘到的小果子什麼

的。凱樂說，「小瘦貓」這名字就是她叫開的，後來周圍鄰居朋友也都這麼叫，直到長大出國多年回去，社區還有人這樣喊她的名字。婭娜克希就如同自己的母親，奧馬爾就像兄弟，每次到了古巴，凱樂都會給他們帶些禮物，像鞋子、襪子、肥皂和牙膏等等實用品，我們就住在他的家那裡，連自己的護照和其他重要資料，都交給老人保管，甚至把換下的髒衣服也留下，老人總是笑著接下。

二零一四年二月八日的下午，飛機落地後，在Varadero旅遊區轉了一圈，那裡是離哈瓦那最近和最大的海灘旅遊區，加拿大航空公司有專門的航班落腳那裡，比直接飛往哈瓦那的價格便宜不少，從那裡出發到哈瓦那不過一小時的巴士路程，只需支付十元加拿大幣。過去從來沒想過古巴這樣一個社會主義國家，在離加拿大不過三小時的飛行路程，那邊的「資本主義社會」會如何看待他們。到加拿大生活以後才發現，古巴這個島國，倒是很像加拿大人的「夢想」，不是因為什麼社會制度，經濟生活，而是那片自然清晰的國度，純樸的百姓和文化氣質的誘惑。對於有著漫長冬天季節的加拿大人來說，年頭的一二月份能在古巴的海灘待上一周，好好曬曬太陽，是件很愉快的事情。

坐上巴士，一路沿著海邊行駛，看到南美成片的熱帶樹木，枝葉似風飄過眼前，空曠無邊，很快就到了哈瓦那，當晚就住在婭娜克希老人家，這是凱樂的決定，我也很興奮。按照

古巴有關規定，外國人是不能隨意住進私人住宅的，在南美國家幾乎都有這個不很嚴格的條文要求，對來自美國和加拿大這樣發達國家的人更是這樣，再說，如果沒有本地的古巴朋友，要想真正和貧民家庭住在一起，幾乎不可能。能和當地百姓直接接觸，並和他們住在一起，這是我去古巴的最大願望，我從中國出國門，很想看看另外一個社會主義國家，他們和我的國家有什麼不同，他們的文化，習俗和生活方式又是怎樣的。婭娜克希知道我和凱樂一道去她家，把自己不大的小雙人床讓了出來，自己睡在腳都伸不直的沙發上。我有些不好意思，但凱樂說，沒事的，老人很開心，只要咱們不嫌棄就好。我知道這話很實在，不必多想，一口就答應了。這個家確實很親近，儘管那樣狹窄破舊，老人把我們當作親人，她沒有表現出什麼不好意思的，非常自然可親，就是擠著過夜，也很愉快。一進門，老人就抱住了我，她說很想念，真是高興，接著說她做了很多吃的，在等我們呢。

（二）

　　婭娜克希的家很小，在一條小街道的「巷子」裡，說是巷子，實際就是一個窄窄的路道，並排著一間間小屋，住著一家子人，每一個家都小小的，擁擠著一個家庭。她的家在巷子的頂頭，門口放著一個鐵棍焊接起來的小座椅（也只能放一個不

大的椅子），老人每天就坐在那裡，幾十年就坐在那裡度過自己的時光。進了屋，是一個不大的空間，做飯休息都在那裡，有一個破舊的小沙發，一個八寸的小電視和一個吃飯的桌子，剩下的地方，連放一個長沙發都不可能。唯一好一點的東西，就是那個冰箱，中國產的「海爾」，古巴是一個熱帶國家，平均氣溫都在二十五度左右，冰箱對於古巴人來說，是必不可少的。「海爾」冰箱是家喻戶曉的品牌，也是家家都有的必備製冷設備，據說是由國家補貼低價分配給所有家庭。讓我驚奇的是，家庭做飯用的竟然是一個小煤氣爐，如同我們吃火鍋使用的那種，這在我看來，最多就是臨時使用的做飯工具而已，但在婭娜克希的家裡，就靠這個過日子了。古巴人的日子很清貧，他們沒有什麼足夠吃的東西填滿肚子，婭娜克希老人就是這個清貧世界中的一個。

　　婭娜克希的家，除了「一無所有」，各方面都很不方便。屋子的牆邊有一個狹窄的小樓梯，上樓時都要低著頭，上面是兩間小屋，每間屋裡正好放下一個不大的雙人床，我們就安排在其中的一間過夜。床單洗得乾淨，沒有枕頭，用一個布袋裝了點衣物，就是睡覺頭靠的枕頭了。在古巴用水是個大問題，儘管四面環海，可惜全是鹽海，根本不能使用，要靠地下打井來提供水。即使在首都哈瓦那，每天的供水時間也是受到限制的。城市一般有一個不成文的規定，每天的中午和晚上，有一到兩小時的供水時間，也就是說，這段時間的供水，是可以飲

用的，但也不敢保證水質問題，一般需要燒開之後飲用。古巴
因為天氣炎熱，更多人喜歡用冷卻的方式消毒，當地人已經有
了這種強抗體，不過他們也常常是採取冰凍「消毒」的方法，
只喝經過冰凍過的水是為了避免不習慣而生病，我們都是買成
品礦泉飲用水。其餘時間開放的水，一般只能用於洗衣物，沖
馬桶等。古巴人每家都有儲存水的大塑膠缸子，放水時趕快灌
滿留下，食用水的保留就很珍貴了。我朋友不准我使用當地的
「食用水」，她說這樣的水同樣帶有細菌，外來人很容易不適
應而染病。我在中國時也是如此，飲用水一般並不保證乾淨，
只是中國人有個好習慣，總是燒開水喝而已。古巴不大可能，
一是天氣太熱，二是沒有這個傳統習慣。好在那裡天氣很熱，
洗個冷水澡並不可怕，洗澡的問題也就解決了。

（三）

　　到了之後的第一頓飯，是老人安排的，她開心地說吃義
大利麵，說是「義大利麵」，但其實就是用我們帶去的午餐肉
罐頭，打開來切成小塊，用番茄醬炒過，我們的麵條就這樣做
成了。老人做了一盤沙拉，就是番茄和洋蔥，在古巴，菜市場
上番茄和洋蔥倒是很多，除此以外，還有北美人愛吃的涼拌青
菜，也是當地人喜歡擺在桌上的菜色，就是在街頭的便利小菜
店裡，這兩種菜也是「主要角色」。古巴不是一個「舌尖」上

的國度，貧窮和落後，或者說他們國家的文化本身就決定了他們飲食習慣的「簡單」。古巴的生活主食是黑豆飯，在肉類食品缺乏的條件下，黑豆充當了重要的角色，據說黑豆和米飯放在一起，很能管用，就不那麼容易餓了，在現代生活中，黑豆是很好的健康食品。那裡的蔬菜幾乎都是原生態的，撒上一些鹽和醋，就算做好了，沙拉為晚餐也增加了內容。

　　我是第一個享用的人，婭娜克希說因為是客人。她問我喜歡嗎？我點著頭說喜歡，她笑了，又抱住我的頭吻了一下。對於我來說，吃什麼又有什麼重要呢，老人的心讓我很感動了。她從冰箱裡翻出一袋東西，告訴我是她親手做的，要我回加拿大時帶走，經凱樂解釋才知道，就是玉米「粽子」，用玉米葉子包起的玉米麵，形似粽子，裡面有一塊肥肉，這在古巴是很好的特色食品。老人說，玉米麵和葉子都是新鮮的，都出自她親手製作。我當時想這東西肯定帶不進加拿大，我真擔心帶上它，入關會有什麼麻煩呢！但是，我無法拒絕，老人的心讓我必須接受，哪怕入關有了麻煩也只能承受了，大不了就是罰款。我說好的，我帶走，讓家裡人也品嘗一下。吃著麵條，我發現桌子邊只有兩個凳子，除了我和凱樂外，所有人都站著，小小的屋子，他們都看著我吃麵呢。我試圖站起來，讓老人坐下，可老人不幹，凱樂也叫我不要客氣。問旁邊的人為什麼不吃，大家都說吃過了，我沒有再往下想，吃飯的場景有些尷尬，後來我才知道，做的麵也是有限的，並非所有的朋友可以

吃到，這「義大利麵」也算專門為我和凱樂接風的。

　　婭娜克希打開了音樂，桌上一個有些破爛的小半導體收音機，傳出了響亮的古巴拉丁音樂，歡快的節奏。頓時，旁邊的朋友們都跳了起來，這是一種奇妙的感覺，我們中國人家庭吃飯怎麼會這樣說跳就跳呢！小時候母親教育說，如果吃飯亂動會得盲腸炎的。我一直都把這「信條」看的很認真，吃飯根本不敢輕易晃動。婭娜克希也跳了起來，小小的屋子，大家擠在一起，吃飯的小桌子也不時地被碰撞的搖晃著。我站了起來看著大家，也情不自禁地動著身子，試圖參與到他們歡樂的舞蹈之中。老人又抱住我吻了幾下並說，多好的中國人，很喜歡你。

　　當我們再次坐下來吃飯時，突然看見屋子門口有三隻小貓，我喊叫著，誰家的貓咪，你們看。婭娜克希笑著說，那盒午餐肉的香味，誘來了牠們。牠們站在門口，一隻黑的，另兩隻都是白黑混色的，很有靈性地看著我，我發現牠們都很瘦，甚至面部的表情都是「虛弱」的。那隻黑貓走了進來，來到我的腳下，哼了兩聲，聲音很小，幾乎沒有聽見。看牠瘦小的身子，肚子倒有些大，我說，這貓該是懷孕了，肯定懷孕了。我的話引起了大家的笑聲，婭娜克希點點頭說是的。我看見她給了牠幾根麵條，牠匆匆地吃了，貓都很挑食，吃麵條的貓在我的記憶中還是第一次，顯然牠很餓，我想到生活在貧瘠土地上的貓，也是很苦的，趕快給了一塊午餐肉，牠立刻又吃了。接

著另外兩隻小貓也來到我的腳下，我又給牠們了一些麵條和肉塊。這時凱樂對我說話了，你吃吧，這裡的人吃飯都不能管飽，這些貓就無法太同情了。我小聲問這些貓不是老人婭娜克希的嗎？她說，都是沒家的，老人有時給點吃的，牠們也就成了老人的「孩子」了。

對於古巴家庭中的這些貧困生活，他們的臉上並看不出多少憂傷，我的感受很深刻，不過並不感到驚奇。可能是人生經歷多了，我們自己的國家和生活也曾經這樣。相反地是，對當地百姓的樸實善良的印象反而記憶深刻。古巴民族的誠實遠比我想像的好，他們從不掩飾自己的困難和不幸，真實坦誠，甚至充滿幽默感地表達對生活的態度。

晚飯後，老人坐在那個小電視前，面對模糊不清的電視，像是關注又像是休息，一會兒在看，一會兒又閉著眼睛，據說她每天都這樣，習慣了。

那個夜晚我們就睡在小屋裡，雖然沒有什麼東西，但乾乾淨淨，儘管天很熱，屋裡有一個破舊的小電扇，我睡得很平靜，很香，我很久沒有這樣感受如此簡陋，而又如此溫馨的旅行了。

（四）

第二天一早，凱樂對我說要去買吃的，家裡什麼也沒有，

她和奧馬爾匆匆地走了。等他們回來，看見買了一堆東西，有雞蛋、麵包、番茄、洋蔥、一瓶菜油和一瓶水。雞蛋夾在麵包裡吃，在古巴是最實惠的早餐，因為雞蛋不貴，麵包也很便宜，吃下去頂用，不會很快餓了。古巴人吃飯從來沒有保證每頓能正常，有時沒吃的，還得餓肚子。就是我們去那裡，也從來沒保證一日三餐，有時也是要挨餓的。我在古巴的經驗，就是有吃的一定要吃飽，不要想什麼營養如何，比如我在加拿大時，很少吃雞蛋，膽固醇太高，一周最多吃上三次而已。在古巴就不同了，對於雞蛋夾麵包的早餐，我每次至少也要吃兩個雞蛋，在古巴的一周裡，幾乎每天早上都是這樣吃的。這些年，無論是中國還是加拿大，生活都很優越，吃得太好，身體面臨很多「毛病」。我的「微信」裡，百分之四十的資訊都和健康有關。什麼不能吃肉啦，紅肉白肉有不同啦，要吃多少青菜啦，道理很多，讓人奇想，不知所措。當我置身於古巴，我發現「微信」傳播的資訊都是多餘的。有一個問題總在我的腦子裡打轉，古巴是世界上最熱的國家，據說環境很熱的地方，並不太適合人們的生存（通常指壽命）；古巴人吃得那麼簡單（主要是米飯拌黑豆，很少吃肉，蔬菜數量品種極少，主要是洋蔥，番茄，長豆，大瓜和青菜。）可是，那裡的長壽者並不少，這是為什麼呢？在和當地人的接觸中發現，百姓的生活確實很艱苦，無論你到任何人家裡，如果打開冰箱，裡面幾乎沒有什麼東西，最多的就是幾瓶冷凍的水。凱樂說，古巴

很多人實際上每天的生活都處在「飢餓」狀態，有時飽了，但多數時候很餓。也就是說，生存的基本條件「吃」是不盡滿意的。從這樣的意義上來說，在古巴，不存在那些健康「資訊」的享受，吃上了就算健康了。我這樣在想，世界的自然物也都是在飢餓中生存，看來過份營養未必是上策，飲食上飢餓一點更符合自然規律，像我們營養有些過的人來說，多點「飢餓」更好。壽命首先與遺傳有關，與吃喝有關，更重要還是與精神有關，古巴人就是這樣，他們熱愛音樂，每一個人都是音樂的「使者」，走到哪跳到哪，他們的情感情結，還很像是一個大家庭，無論是老是幼，只要在一起都很處得來，老人像年輕人一樣跳著拉丁式的舞蹈，還常常表現出幽默的情緒。凱樂就這樣，和婭娜克希老人，就像是好朋友，他們在一起沒有歲數概念，總是緊緊地擁抱著，還互相開玩笑，十分自然。這些對於中國人來說，根本就不可能做到，文化中就沒有這樣的習慣，老人也不會容許孩子們開玩笑逗鬧。

吃完早餐，婭娜克希老人高興地拉著我往樓上走，她用手比劃著，要我跟她去看一樣東西，是一樣「祕密」的東西。我朋友也被叫了上去。她在衣服小箱子裡翻了一陣，拿出了兩個封閉的小紙杯，很開心地顯示給我。一看我馬上明白了，這不就是兩盒速食麵嗎？老人說這是美國的親戚帶給她的，是吃的東西，只是她根本沒嘗過，到底該怎麼吃，什麼味道，她也不知道。兩盒小小的速食麵，成了老人要告訴我們的祕密。聽了

她的話，我感到驚奇，這下子真的感慨了。古巴，連速食麵也是稀奇的事情，甚至都沒見過，不能不說這塊土地的人民確實很貧困啊！我盡力壓住自己不平靜的心情，笑著給老人解釋這東西該如何製作，又是怎麼個吃法，沒有說這東西在加拿大時多麼的便宜，多麼的不值得一提。老人悄悄地說，留著我們三人一起品嘗，我當場拒絕了，要她留著自己吃吧。這速食麵對她來說，還是很有意義的事情，親戚從美國帶給她也不容易，她的善心讓我再次感動。

（五）

早餐後，按計畫我們到海邊遊玩，我還特地邀請老人和我們一起去。她沒有答應。畢竟上了年紀，她說自己喜歡坐在那個小椅子上，和鄰居聊天說話，她還準備晚上為我們做頓好吃的。離開婭娜克希老人的家，我們坐上了計程車向海邊開去。在古巴，幾乎沒有什麼新的車輛，全是幾十年的「老鴨車」。因為美國的長期封鎖，使這個國家所受的災難無法估量，街上的汽車很破爛，不過油漆得很不錯。在街頭行走，那些來往的汽車絕對是一景，展示了歷史給這個國家留下的另一番「景色」，是全世界獨一無二的。在古巴，這些車子都是幾十年前存在的，經歷了「修補」的無數次滄桑，一直被人們使用著，只要有車的人，幾乎都會修理汽車，都會自己打理車子，他們

能幹極了。我感慨地對凱樂說，我們這些男人真沒法和古巴男人比，他們實在太能幹了。她說，這也是逼出來的，古巴的車子永遠也開不「壞」，儘管看著十分破爛，總會被修理好。計程車對於我們來講，實在是非常便宜，就是一到三塊錢加幣，不過，凱樂是不要我和司機搭腔的，因為知道是外國人，就會變得很貴。計程車的計程是本地人的經驗，所有人都知道到哪裡需要多少錢，一般坐計程車，價格出不了太大差別，司機要高了價格，你可以不坐。

那天的古巴很熱，古巴的每天都很熱。到了海邊，我的心完全放開了，在我的記憶中，從來沒有接觸過這樣充滿濤聲和巨浪的場面。沙灘上只花了三塊錢就租到躺椅，我沒有換褲子，穿著短褲就衝進了海邊的水裡。在古巴，海灘休假旅遊是國家收入的重要部分，從最東面到最西面，有十幾個著名的對外休假旅遊點，其中有幾個專門面對加拿大遊客，這些旅遊點一般都採取旅遊一條龍的方式，由加拿大或古巴旅行社售票，組織一周、兩周行程全包費用，包含了吃住酒水和遊玩，旺季幾千淡季幾百元不等。航空拉送遊客，到固定旅遊點。而這些固定的旅遊點，一般當地的居民是不能去的，有不完全確定的區域規定（有的是由員警查詢的）。

我在沙灘上享受太陽的感覺非常輕鬆，加拿大的生活很緊張，每天匆忙地出去，回家時已經是天黑了，休假這兩個字，是我們最開心的期待。我用脫下的鞋子在沙地上畫下了五個大

字「鄭南川，古巴」，還拍了照片，後來放在博客裡。興奮之餘，寫下一首小詩：

〈一粒珍珠〉

當一隻海鷗飛過大海的上空
我親眼看見有一粒珍珠，在海面的
陽光下跳起，多麼渴望
可惜海鷗沒有理會它，把我的渴望
當成了一滴水

（六）

　　世界就是這樣，發達國家失去了很多美妙的自然環境，儘管他們生活的物資和精神條件很好；而古巴這樣貧窮國家，卻保留下了真實的自然。我在加拿大生活了幾十年，當置身於這樣一個完全不同，清新和純粹的大自然國度中，我幾乎不再懷念現代都市，我對凱樂說，如果我有足夠的條件「流放」自己，就會選擇待在古巴，生活在這個土地上會讓我開心。

　　對於古巴人來說，他們的想法和我相反，生存和生活的貧困讓他們經常鋌而走險，古巴與美國隔海相望，一些人偷渡出國，葬身於大海。古巴盛產雪茄、糖類，哈瓦那高濃度酒是很

有名的，很多人熱衷於酗酒，而一瓶高酒精濃度的哈瓦那酒，不過只需付五個加幣（在加拿大同類酒看付二十五個加幣）。因為工作收入很低，國家一直使用「代購票」，定額分配。即使不工作，也和工作者的收入差異極小，大家都在一個平庸的水平線上。很多人都不工作，把大量的時間花在自己找錢的「地方」，營造自己的小家。對於那些沒有什麼想法的人來說，喝酒自醉的心態，也是一大群人的市場。坐在海邊感受陽光的時候，我一直在想，其實自己還是幸運的，因為加拿大護照，我待在古巴是純粹的自然享受，我也萌生出一個想法，等再老一些，就把冬天安排在古巴，這是多麼好的假設呢！一是離蒙特利爾很近，飛機三個半小時；二是機票便宜，那邊生活費不貴；三是我的身體特別適合生活在那裡。我也開始更理解為什麼那麼多的加拿大和魁北克人，把冬天選擇在古巴。

大半天的時間在海邊度過，下午四點我們回到了家裡。婭娜克希老人已經把晚餐準備好了，她做了一鍋雞腿肉，這是一大早凱樂出去買的。雞肉對於當地人來說，是最重要的肉食，牛肉幾乎沒有，豬肉也是有限的，吃上雞大腿，是件開心的事，也是當地人最喜歡吃的肉類。奧馬爾安排了一個聚會式的晚餐，除了朋友，家裡的親戚也來了，這幾乎是過年。婭娜克希把平時和自己相處最好的那兩三個朋友請來了，這是難得的聚會，說難聽一點，平時哪裡有錢做這樣的事。這也是我們的願望，難得的機會，也感恩於古巴的朋友們。沙拉做

了很多，每個客人能得到一塊雞肉和一些番茄，洋蔥和長豆這樣的青菜，加上一些高濃度的酒，大家在一起，歡樂無比。我對婭娜克希說辛苦了，她笑了起來，又在我臉上吻了幾口，不停地說，你們要多來哈瓦那，我喜歡你們，古巴歡迎你們，這個小家歡迎你們。這次我要求她坐在我們身邊，和我們共用歡樂。聽朋友說，老人身體好，就是心臟有點小問題，平靜的生活，她沒有什麼更多的奢求，還有三個兒子很孝敬她，這樣清淡入貧的日子，也是幸福的。住在這個地方多年了，附近的鄰居朋友沒不認識她的，她是這條街，狹窄小巷子頂頭的那個老人。古巴人沒有什麼富裕的一代二代，他們之間的感情就是心靈的，是平等的相助和相愛。老人受到尊敬是社會的意義，古巴和中國的傳統沒有兩樣。如果說，作為社會主義國家，古巴和中國確實存在很大的差距，從文化和新思想意義上來講，中國顯得更封建和保守，而古巴人開放和現代。儘管古巴的政治也很嚴厲，但是，它緊挨著美國，古巴人在美國的不在少數，影響很大。作為網路的互聯網，像臉書（Facebook）這樣的平台，至今中國都不准使用，而古巴是暢通的。只是古巴網路落後昂貴，電腦使用同樣面臨問題。

　　網路不發達的古巴，與外界的聯繫同樣依賴於眾多的家庭親戚在海外的關係，他們並沒有離開世界，只是沒有離開貧困。住在蒙特利爾多年，就有一個深刻的體會，魁北克人熱衷於古巴，更熱衷於古巴人，很多男人女人到古巴找愛人結婚，

這在魁北克就像是一種時髦，其原因很簡單，古巴人的文化，文化本質很適應於加拿大人，他們簡單，質樸，性格豪放，體質優美，這些是極美好的條件。他們與加拿大人結婚很容易就結合為一體，這對於中國人來講，就不那麼容易。我非常喜歡魁北克人對古巴人的友好情結，在貧困和富裕之間，在社會制度不同之間，心靈本質是一樣的，同樣可以交流，貧困沒關係，人民好就足夠了。

在老人家的晚餐，讓我想起小時候的過年，像和母親在一起，古巴人的家庭觀念很重，對老人十分尊重，我如同孩子一般，得到照顧，感到親切，非常高興。我試圖幫助老人做一些接待朋友的事情，在國外生活很多年，這種感覺已經久違了。看到往來熱鬧的朋友們，真是幸福。

吃完飯以後，人們慢慢地走了，家裡清靜了下來。婭娜克希老人坐到了門口的那個小椅子上，我看見奧馬爾從屋裡拿出一支雪茄遞給他母親，又為她點燃了。他告訴我母親一般是不吸煙的，但是過年過節或有大事的時候，總會點燃一支，他們也都會為母親做這件事。在古巴，雪茄在街頭小店和攤賣點上並不貴，按照加拿大幣來算，不過一兩毛錢，當然到酒店或正規的商場購買，價格就完全不同了。不過，年輕人吸雪茄的並不很多，而上了年紀的人往往會多出這個雅興，更常多見。老人大大地吸了一口，濃煙飄然劃過她的臉龐，慢慢飛去，我感到她今天確實很累了，為大家準備一頓「大餐」。婭娜克希

的眼睛盯著這條長長的巷子，不時地打著瞌睡，她幾乎每天都
有一個時刻這樣靜靜地坐著，眼前的一切就是一條空空細長的
路，這路像是認知生活的全部哲學，她的心終於安靜下來了。
那是傍晚的時刻，天還沒有完全黑下來，我和凱樂悄悄地上了
樓，我們想留給老人一點時間，讓她好好休息。

　　躺在床上我問凱樂，古巴的家庭生活中，物質利益對百姓
的愛情觀有什麼樣的影響，比如，愛情上的夫妻關係是否更多
層面上是精神上的。她告訴我，古巴人的愛情主要還是基於感
情上的，整個社會處於不發達狀態，人性的東西往往更真實，
在那裡不結婚或單身的很少，人們似乎沒有那些「叛離」的概
念，家庭意義上的結合是社會的基本構成。但是，法律意義上
的家庭平等和尊重，就面臨很多問題，因為法制的不完全，是
一個直接的問題，主要靠的是社會環境的道德制約。老人在古
巴的孩子都結婚了，我主觀的感覺他們都很幸福，只是生活中
的一無所有，常常困惑著他們的心，有時也會在飢餓中不快，
特別是當找不到任何自助的辦法時，家庭也在「戰鬥」。這種
狀態很像中國的一九六零到七零年代的感覺。

　　那天我很累，很快就睡著了。

（七）

　　休假的感覺是奇妙的，似乎也忽略了白天和黑夜。

天才剛黑，我被急促的喊叫聲吵醒，一個女人在瘋狂地哭叫著。一會兒聽到她像是跑進了老人的家裡樓下，家裡的東西被碰撞出聲音。她的喊叫聲很恐怖，是一種絕望的嘶叫。凱樂從床上爬起來下了樓。我在床上聽著，因為語言不通，只是感到急促和緊張。凱樂上來告訴我，是隔壁的一對年輕的夫妻吵架了，後來打了起來，那女人嚇得跑了出來，不知往何處去，就跑到了老人的家裡，這裡正好是巷子的最後頂頭。進了家後她躲進了廁所，那男人在凱樂的阻止之下回去了。一對夫妻吵架跑到人家家裡，這是很不禮貌的，或許是那女人沒有辦法的一招，這樣可以躲避男人打她。在古巴，一個男人打女人也是時有發生的事情，這個女人如此恐懼，聽隔壁的人說，她自身有很大的責任，一段時間以來，她和丈夫感情就存在問題，又悄悄地和外面的男人有染，為這件事家裡常常打鬧，男人也經常出手打人，女人的心裡害怕，精神變得更加恐懼。在凱樂耐心的勸導下她也最終回去了，這裡畢竟不是他們吵架的地方。可是沒想到，幾分鐘以後女人又狂叫起來，朝著這裡衝來。這次男人在後面拿著一根棍子，他們的行為讓街坊鄰居感到驚訝。這時的婭娜克希老人還坐在那個凳子上，他們幾乎是擦著她的凳子跑過去的，接著又進了老人家裡。突如其來的狂叫和廝打，老人沒有任何準備，被嚇壞了，等他們在屋裡吵鬧時，她突然昏倒過去，躺在了地上。一場夫妻的爭執，讓一旁的老人承受了這樣的不幸，鄰舍的人趕快扶起老

人搶救，幾分鐘過去了，又過了幾分鐘，老人沒醒，最後趕快送到醫院。在那裡老人同樣沒有被救過來，她因為突然的驚嚇，心臟猝死了。老人死得就這樣突然，沒有人相信，他的三個孩子哭得天昏地暗。

　　婭娜克希老人的突然離去，對於我來講也是難以接受的。我到古巴，遇上這樣一個好人，給了我無限溫馨的愛，讓我感到很幸福，幾小時前還和我們談笑風生，親吻和擁抱，此刻卻離開了我們，這樣的事實，讓我泣不成聲。我到古巴的幾天，旅行的計畫似乎因為老人的去世，澈底地改變了，整個心靈牽掛的只是這個老人的後事，不再有心思做其他的事情。我全神貫注的只有一件事，一個平民老人的死去，將會面對怎麼樣的一個過程？我想知道古巴人是如何面對死亡？又如何紀念一個普通人的？或許這是難得的機會，作為一個作家，此刻擁有了最直接古巴生活的經歷，而且是關於對死的理解。我想知道，一個完全被忽略的窮國家裡，人死了，家庭和本人將面臨怎樣的現實。

　　當我和奧馬爾趕到醫院時，婭娜克希老人已經澈底地「蓋棺論定」了。她的身上蓋著一塊白布，等待的只是葬禮。這是首都哈瓦那一家著名的醫院，就在城市中心，醫院其實不很大，在加拿大最多只能算是一個社區的醫療服務中心。據說老人拉過來已經太晚了，這是註定的命運。婭娜克希老人被放在一樓走廊上的一個空椅子上。我低下頭，兩手拱起，默默地

說：「我好難受啊，老人家讓我記住和永遠懷念您。」其實，我心裡有些著急，希望老人的後事有個具體的說法，給老人一個最後的安慰。醫院會如何處理呢？這樣一個無助的老人，這樣一個小家，她走了，送葬的巨大開支和那麼多的事情要做，他們的孩子怎麼辦？我問他，你要付一筆錢嗎？你們的家庭要承擔什麼責任？具體做什麼？奧馬爾告訴我，他母親的事，已經由醫院與社區聯繫，安排就緒了，對於這類事情，政府都有完整的處理政策和方式，他無需支付任何費用，做任何事情，只是通知家屬參加葬禮。這是我沒想到的，因為一切都那樣快捷和有條不紊，而且家人無需支付任何開銷。在我心目中，這似乎是一件十分繁雜和煩惱的事情，至少在我的故鄉中國是這樣。這讓我想到這些年中國的情況，對於一個突飛猛進的中國來說，人死了，已經成為經濟發展後的巨大問題，和巨大的開銷直接有關。用百姓的話說，「死了也葬不起」，墓地的價格和不斷的驚人漲價，讓中國活著難，連死也擔心和害怕。我感到吃驚，一個貧窮的國家，個人無力承擔這筆開銷，國家竟然包了，這樣的福利給百姓帶來的意義多麼重大，他們的葬禮會是怎樣的一個結果，又有什麼樣的現實意義呢？我不知道一個國家的民生定義該是什麼？中國人的死與古巴人的死，哪個更能體現民生價值和國家存在的意義？我更迫切想知道葬禮的過程。從奧馬爾的神態中，我看出了他內心留下的最後安慰。他對我說：「母親不會被社區遺忘，謝謝你和我們一起去為她送

上最後一程，為她祈禱。」

　　那一夜我躺在床上完全失眠了，面對這樣突然發生的事情，作為她的家庭將如何面對這個巨大的壓力，我有很多不解的事情需要知道。凱樂告訴我，在古巴，一個人死了，死後的所有安排都是政府委託社區處理，家屬幾乎不需要做任何事情。我問，連一點錢也不支付嗎，比如舉辦葬禮儀式，買棺和骨灰盒等等。她說，這些都是由政府支付的。她的回答讓我很震驚，這幾乎有些不可思議，這些年，我經歷過父親的離去，回想起在中國為父親買墓地，立碑文，那些開支都是很大的。出了錢，每走一步都很艱難，而且要繼續支付下去，對家庭來說，壓力是巨大的。這件事在我心目中的衝擊很大，一直思考著一個問題，古巴的民生因為貧窮，變得人性和真實，中國的經濟大發展了，民生倒變得不易，揮霍的葬禮難道是社會的進步和富強的「見證」嗎？！從人的本質上來講，活著和死去就是一個自然過程，自然的生和死，應當是一件很平常的事情，不過是一個紀念的時刻而已。但是這件事在中國，西方和古巴，卻變成完全不同的價值事件，有著截然不同的做法。

（八）

　　第二天，坐在古巴朋友們的家裡，聽到他們談論著這位老人。婭娜克希的名字，街頭鄰居都知道，甚至整個社區的人

都有印象，這是一個非常老實本份的家庭婦女。很早就失去了丈夫，就沒有再找男人。我問是因為孩子的緣故嗎？在我們中國人的心目中，這可能是一個重要的原因。朋友們說，這倒不是，為什麼要為孩子呢，這沒有什麼直接的關係，古巴人的家庭概念，在這方面和中國人是不同的，只是由她自己決定的。就這樣，一個人把三個兒子帶大了。因為老實，又不善於交際，生活很清貧，她幾乎沒有什麼特別的門道辦法，自然是很普通的百姓。在哈瓦那這個城市裡，是比較底層的家庭。後來孩子們慢慢長大了，其中有兩個兒子成了家，搬了出去，只有奧馬爾和母親住在一起。

我發現婭娜克希對小兒子特別親愛，曾問過凱樂，按照古巴家庭的習慣，奧馬爾也三十多歲了，為什麼還沒有自己的家庭，我到古巴看到像他年紀的人，幾乎沒有還單身的。凱樂沉默了一陣子小聲說，這可是一個祕密的事。我說，能講給我聽嗎？她說，當然，不過你可能覺得意外，奧馬爾是一個同性戀。是嗎？！這確實是讓我感到意外的事情，古巴這樣一個落後的社會主義國家，在我看來他們對這概念可能都沒有，知道的人或許極少，這樣的人怎麼生存呢？凱樂說，這事確實很難理解，婭娜克希老人是知道的，可是她從來沒有指責過，奧馬爾說，母親最多就是開個玩笑，喊兩聲「我的同性戀兒子」而已。我至今仍然沒有完全明白老人的心態是什麼，隱約的感到，這可能與人性的理念直接有關。作為一個母親，對兒子的

愛，該是對他人性自由的最大理解，她無需去干預，愛他的兒子就足夠了。當然，婭娜克希可能沒有更深地想過，但她的覺悟或許來自最純粹的母愛。這樣想來，我對她油然而生一種更崇高的敬意。為這事，我和奧馬爾談過，問他同性戀在古巴的社會環境如何，他告訴我的信息也讓我大吃一驚。在哈瓦那，這類人是一個不小的群體，甚至在市中心有一條小小的街，已經是同性戀者活動的地方，週末大家都會在那裡聚會交流。我說，社會難道不歧視嗎？奧馬爾說，這畢竟是一個弱小的團體，人們總是難以接受的，不過古巴社會對這類事，似乎並不太「敏感」，比如，員警也常到那條同性戀街上巡邏，只要你沒有做出什麼出格的行為，他們是不管的。聽到這些，我對古巴這個國家，有些說不出來的印象，這樣的事情竟然有真實的事實存在，他們的開放、寬容和認同，似乎顛覆了我想像中的社會主義古巴。

我在他家的時候，見到奧馬爾兩次帶回一些黑豆米飯作為家裡的晚餐，他說是學校食堂剩下的食物，工作的人都可以拿一些回家，這也是他工作的額外「優勢」吧！奧馬爾在家也很勤快，家裡有一個小魚缸，是他做給母親的，婭娜克希每天坐著沒事幹的時候，就盯著兩條小魚看。奧馬爾說，這是母親的開心事。這個與母親相依為命的兒子，對家的這份孝心讓我感動。婭娜克希老人的生活就這樣，幾十年不變的生活，家就這樣一無所有的走過來。在一無所有中，老人並沒有什麼特別的

煩惱，她沒有什麼更多的事情要想，因為沒有什麼，能吃飽飯和有笑臉就好，沒有任何需求的奢望，她的國家和她的鄰居都這樣。在貧窮中老人知道滿足，容易滿足，也必須這樣去滿足自己。朋友說，老人總是開心的，很愛笑，她就像沒有什麼煩惱。我想，因為她知道自己的生活現狀，那些煩惱是多餘的，懂得滿足於自己的小家，滿足自己簡單的日子才會幸福。

　　和貧民的婭娜克希老人在一起，和古巴的朋友在一起，和他們的生活在一起，我腦子產生出很多莫名的想法。這麼多年生活在一個發達的國家裡，又親眼看到不少當今中國的變化和發展，很多事情讓我困惑不已。為什麼在一些發達國家裡，有錢的日子並不能讓人滿足，並不好過，人們的欲望如此強大，爭鬥和殘殺；為什麼我自己的祖國這樣強盛了，卻出現了前所未有的不高興，有著全民性的牢騷情緒和不幸福感，對生活的期盼變得虛榮和飄渺，人們的私利變得如此膨脹。關於對滿足的思考，可能是生命最有意義的感嘆號，也是最重要的問號。在世界的加拿大，中國和古巴，我可能找到的是完全不一樣的解答，從人性的本質和最高追求來講，到底什麼是有意義的，是世界和人類的，是最美好的。

（九）

　　婭娜克希老人的後事安排處理的很快，社區通知了具體下

葬的時間。

　　我對這事非常關注，一方面是對老人的崇敬，另一方面是對這件事本身充滿了極大的興趣，這畢竟是我一生中沒見過，沒經歷過，連想都沒想到過的事情，人生走過了漫長的經歷，從世界觀的意識中，想知道和瞭解更多人性生活與世界。我悄悄地問凱樂，參加這樣嚴肅的事情，我應該做點什麼，比如送上花圈，買花和時刻陪伴著她的家人等等。凱樂說，古巴是一個「家庭式」的國家，婭娜克希的離去就像社區「家庭」失去了一個成員，更何況她老人家在這塊區域生活了七十多年，沒人不知道她，社區會全權安排的，我們不需要做什麼。她說，你不是本地人，你去和不去都沒關係，更沒必要做什麼。不過那天我吃驚的是，社區的資訊傳播得如此之快，似乎所有的朋友都很快知道了這件事，而且都要去參加活動，這就是凱樂說的「家庭式」社區關係吧！我很感歎這樣的關係，多麼溫暖的關係啊！

　　墓地就在城市中心，從婭娜克希家到那裡，走路不過二十分鐘，是一個被高高的牆圍起的院子，門總是開著，沒有人看守，可以自由出入。據說，城市裡這樣的墓地有三處。墓地在城市裡，倒有點像北美的感覺，當我置身於院子裡的時候，才發現是完全不同的另外一種情景。墓地除了幾條來往的走道，在路的兩邊整齊地排著一行又一行的墓棺，全都是水泥板製作的，看上去結實簡單，形似一口口棺材，每個墓棺上

面是一塊水泥板蓋著。與其他地方不同的是，墓地沒有什麼墓碑，更沒有那些豪華的裝飾，每一個墓棺完全一樣。朋友告訴我，這是哈瓦那很老的墓地之一。在古巴，這樣的墓地是政府直接管轄的，當一個人死了，就會由政府安排社區直接組織負責整個葬禮。

婭娜克希老人死後，醫院直接和有關的部門聯繫，在程序上大致是這樣的：首先有一個遺體告別儀式，讓親友家人瞻仰，還會根據古巴的宗教儀式，祈禱送別親人，然後把棺材送到墓地，放入地棺內，告別的地方像是加拿大的殯儀館。那天，我們到了遺體告別的地方，殯儀館分成幾間屋子，屋子不大，一般只提供流動瞻仰使用。老人躺在一個製作簡單的棺中封閉著，這種木棺對所有人幾乎都是一樣的，只是尺寸的大小不同而已。到那裡的人很多，隔壁鄰居和熟人幾乎都去了，資訊傳播得如此之快，讓我吃驚。我沒想到的是，在現場組織和講話的竟然是兩個二十出頭的年輕人。他們並沒有介紹老人的生平或背景，而是流著眼淚在為老人舉行儀式。古巴是一個充滿宗教色彩的國家，他們的宗教信仰與長久的歷史有著密切的關係。這些歷史綜合了基督教，天主教和本土宗教的不同特點，形成了古巴當今奇特的宗教。兩個年輕人輪番誦讀著宗教與愛的句子，用自己的語言呼喚著對老人的愛，以及家庭朋友的心聲和希望，所有人都感動地流淚。我打聽後知道，他們不過是鄰居家的孩子，是老人看著長大的，這是感動人心的事。

兩個鄰居的孩子和一個老人，又是相隔這麼大的歲數，我真不敢相信這樣的友情和愛會發生在他們之間，而且如此深厚，這就是古巴的人情，老人和孩子同樣是朋友，同樣感受著愛和朋友的情誼。在那天的告別儀式上，有幾百人自動地來為老人送別，他們凝重的神態，默默無語，一片深情，一個如此貧窮而極平凡的老人，在社區平民眼裡有這麼高的威望，這就是我看到的真實。老人沒有工作單位，沒有關係組織，沒有什麼「後台」老闆，更沒有錢財勢力，人們去看她，為她流淚，就是為了一份記憶，一個生命和一份人性的道德。他們沒有忘記婭娜克希老人生命中曾經留下的善良、微笑；他們去看老人，不需要任何憑據，只是一個簡單的相互情結，情不自禁的用心，所有這些，就是一份感情。

這是思緒萬千的一天，我在古巴遇見了這樣的事情，這樣的人情人意。這種事情在我的幾十年生活中幾乎沒有見過。這幾年，我在加拿大曾經連續送走了魁北克作家協會的三位文友，從他們離開到最後告別，我都親自陪在旁邊，也都是我直接為他們宣讀悼詞。人情之間，在他們走後的過程中，心裡曾留下了很多的感慨。其實，世界是比較容易忘卻的，人情也是很有限的，特別是在生存競爭的國度裡，「愛」不過是一種「曾經」。很多人並沒有在親人死去時感到真正的痛苦，因為並不明白親人的意義，只是失去了的傷痛。在古巴，給我了另外一種感覺，他們對愛的理解似乎更純淨，愛幾乎是生活的全部。

（十）

第二天是老人下葬的日子，一大早我見到奧馬爾。他告訴我一切都安排好了，正忙著聯絡住的較遠的親屬，這是家人必須做的。我告訴他，我一定去墓地送老人最後一程，和你們在一起。他聽著就哭了，抓著我的手，不停說謝謝。他說，原來母親還打算給你做古巴的特色甜點呢，她說你一定喜歡。是嗎，我知道做甜點歡迎客人，是古巴人很高的禮儀，鼻子一酸眼淚也掉了出來。我問他還需要什麼幫忙的嗎？他搖搖頭說，不需要，他也不知道該做些什麼，社區都安排好了。看著他離開的背影，我再次想到「死亡」兩個字。這個貧窮的孩子，這個貧窮孩子的母親，他們面對死亡的時候，並沒有被「貧困」，一分錢沒花，也沒有什麼艱難的選擇，他們就這樣面對和安排了走過死亡的過程。婭娜克希老人算是幸運，沒有留給孩子們任何操勞和負擔，人活著做了人生一世，人走了，就簡單離去。

下葬的這天，古巴那樣炎熱，下午三點進行。我和凱樂兩點半就趕到了墓地門口，那裡已經站滿了人，更多的人沉默無語，有幾個婦女擦著眼淚，哭出了聲音。凱樂告訴我，這些全是自發的，是自己過來的，老人走了，大家都知道，就來了，這是古巴人的傳統和文化風俗，古巴人的葬禮活動，是嚴肅莊重的事情，大家都很重視，都會參與。他們站在路邊，來自這

個社區，還有不同的地方，他們相聚一起，在等待老人到來，為她做最後的告別。墓地門外像一個聚會活動，有的拿著花，那些花一看就知道是從樹上扯下的，有的花很不「正規」，像是小草，但是花兒鮮活，是自己家種的，門口和路邊採的，和池塘找來的，是身邊很「真實」的花啊！他們拿在手上，我看到了一個個樸實的臉龐，看到一群多好的百姓。

　　下午三點左右，婭娜克希老人的棺木由社區安排的車子運到了墓地門前，車上放置著一個用鮮花編織的花圈，旁邊是兩個略小的花圈，陪伴著老人。跟隨後面的一輛巴士，裡面坐著參與工作的朋友們和老人家屬。

　　當把老人棺木抬下來時，所有的人都走上前來，情不自禁的排成隊伍，跟隨著進到墓地。墓地裡有一口已經打開的石頭棺墓，老人將埋在裡面。聽凱樂說，在古巴墓地裡的石頭墓棺是供所有死去的人用的，是公共的場地，所有埋葬的人，在墓棺裡經過三年以後，社區會通知家人將骨灰取出，放到骨灰盒裡。石頭墓棺經過清理後，繼續提供他人使用。所以，墓地的使用價值是很高的，可以說絲毫不浪費土地，更談不上花錢費力了，每一個人都享受著這樣簡單的「死亡禮遇」，就這樣平等，人性和自然。我第一次親眼見到這樣的墓地，第一次聽說這樣的埋葬過程，也第一次感受人們是如何對待死亡，這一切讓我驚歎不已。我腦子裡產生著一種「奇想」，生命就是這麼一回事，人群如同螞蟻成千上萬，這個貧窮的古巴，演繹的

死亡祈禱，多麼真實，多麼純粹，多麼簡單。我所見到的中國，從小長大所受的教育，關於死亡之事，就真這麼「天大」無助，需要如此揮霍錢財嗎？國家和個人要浪費多少的錢財，為死亡「買單」，這到底有多少意思和意義？！我在想，人的價值到底是什麼？人的死與面對的死，為什麼如此的不同？在這個自然的世界裡，或許再沒有任何動物像人這樣，把死看的如此神祕了，而古巴人和我們中國人在面對死的現實時，差別卻如此巨大。有人可能會說，因為古巴的貧窮，所以，選擇了毫無選擇的做法。而我們中國有錢了，自然豪華成「艱難」。我倒是很想把關於錢的問題放在一邊，就說說怎樣做最好。我這個也活到真正成熟的人，只想說生活的路讓我看到了一個人活著和死去的價值，其實，能作為一個人活著，已經是上帝的「身分」了。宇宙裡能讓人生存的地方太少，地球是幸運的，我們活了幾十年，是多麼大的幸福啊。從自然的規律上來講，生物的滅亡，只是季節的變換罷了，為了這個自然，我們實在沒必要去折騰環境。古巴的葬禮，是一種極簡的，自然的和對人輪迴的報答，有情有愛，足夠了。這就是人類生命的意義。

在把老人放下石棺之前，一個男人在高聲地喊著：

> 「婭娜克希的一生平凡，她會平安離去。她是一個真正的母親，我們都懷念她的精神。她一生沒傷害過人，上天會給她幸福。她是一個好人，是我們都愛的人。」

接著，一位長者拖拉著嗓門喊起來：

「婭娜克希要到一個幸福之地，那裡有安靜的花園，有好吃的東西，有很多的朋友，她要開始自己無憂無慮的生活。今天來送你的人，都是你的家人，你的朋友和你最愛的人，大家求你一路走好，他們永遠想念你。」

他說著，從花圈上的摘下鮮花放到石墓裡。接著，周圍的人都把花往墓裡放，大家都在說著自己的心理話，一片哭聲，場面感人。我也情不自禁地走上前，從花圈上摘下鮮花放進石墓裡，默默地祈禱。我說，婭娜克希老人走好了，今天我來送您，沒有吃到您做的蛋糕，也沒有和您好好說話，不過今天我來陪伴您，從加拿大過來，儘管我們相處的時間很短，但是，您善良的心感染著我，您離開了我們，在加拿大有一個中國人記住了您，您被永遠留在他的心裡。最後，人們把所有獻給她的東西，都放進了石棺。

這是一個簡短的儀式，充滿著無限的情思。幾個男人最後把石板蓋住了。

這裡真的走了一位老人，現在她身邊的除了墓地，鮮花和友人，再沒有更複雜的事情發生。人們開始慢慢地離開，還是長長的隊伍，還是那麼多的人，還能聽到哭泣的聲音。我走到

他兒子身邊緊緊地抱住了他，拍著他的背。他沒有再哭，沒有說話，我們在為希望祝福。

那一天，我回到住處，用筆記下了那天發生的一切。我對凱樂說，這次到古巴，出乎我所意料地相遇這樣一段「故事」，對我來說很有意義。

（十一）

老人走了，我心裡有件事一直惦記著，因為老人突然猝死與隔壁鄰居的突然吵鬧有關，如果他們不鬧到老人家來，婭娜克希老人也就不會出事。這件事發生後，我沒有見到老人家的孩子們找那家人「算帳」，也沒有見到有什麼爭吵發生。我個人認為，隔壁的鄰居是有責任的，不可推卸。如果這種事情發生在中國或加拿大，我想兩家人可能要打起來，至少要打一場官司，絕對沒那麼簡單。事情發生的當天，員警介入了調查，據說那兩個吵架鬧事的人被帶走了。隔壁的鄰居說，這件事的處理由警方直接插手，因為死了人，估計那個鬧事男人要進監獄待兩年，一般情況都這樣，這是靠譜的結果。兩年時間很快就過去了，不幸的是老人，永遠地離開了家人，離開了她平靜的晚年生活。

第二天，我們再次回到了婭娜克希老人家，凱樂說，讓我們去「陪陪」老人吧！過幾天我們就走了，買了一些吃的東

西，還買了幾根蠟燭。當我坐在婭娜克希老人曾經坐過的那個小小的凳子上，我又想起了她看著我們吃義大利麵時的笑容和聲音，想起她跳起的舞蹈，還想起她要我們帶走的那包玉米粽子，心裡酸楚而難受。那天，我們請老人的兒子奧馬爾和他的兄弟們，在一起吃了一頓飯，就是那個黑豆米飯和雞塊。飯菜上桌時，我一點食欲也沒有，更沒有心思說話，眼前的一切又像回到了剛到古巴老人家的那天。沒想到，那天曾經來過的三隻小貓又站到了門口，還是那隻很瘦，但肚子很大的小貓先走了進來，站在我的腳下，聽見牠小小的聲音，像是在要食。我盯著牠看，心裡想：小貓咪啊，你知道你的主人媽媽走了嗎？她真的走了，你很快就會知道的，因為你再也見不到她了。我把一塊雞肉給了牠，牠幾口就吃了。另外兩隻貓也進來了，我把自己碗裡的幾塊肉全給了牠們。我回避著古巴朋友們的眼睛，不想讓他們看到，這會讓他們心疼的。凱樂看了我一眼，又低下了頭，她或許知道我在想什麼，我在想，婭娜克希老人讓我代表您，給「孩子們」好好吃一頓。這時，凱樂突然大哭起來，喊著，可憐的貓咪們啊！我也曾經是老人的「瘦貓咪」，老人同樣是我的母親，我沒有忘記，想您。

　　老人是在另「一個世界」裡死去的人，她走的如此平淡，卻激起了我想記錄下來的願望，忠實地寫下這段小小的瑣事。這對於古巴人來講，不過是一個早晨到來和一個夜晚過去的事，但對於我來講，就像走進了另外一個世界，而感受到了一

次驚奇和感歎。我很想通過我的文字讓大家思考一個問題，在文明與落後之間，是否存在相互填補的關係。當人們以為很「文明」的時候，可能真正的文明已經覆蓋上了泥土，讓世界異變出了醜惡，文明與發達不能超越自然，我害怕這個世界，可能有一天將被「文明」毀滅。我敢說，這些平淡的故事，在今天的加拿大和中國不多會見到，這種情景不能說是離奇、另樣和時尚；不能說是原始、落後和愚昧，這種情景，確乎是開始被人們遺忘的真實和自然，是更貼近人性生活的純粹和美好，我讚美古巴人的情懷、純樸和愛。我相信，讀完這段極為真實，素描式的紀實文學，一定會像初識古巴那樣，對這個國度充滿好奇和熱愛。

這就是我送給你這篇紀實作品的目的。

2

病房日記

引子

　　二零零九年，我已經出國二十年了，這一年，在我生命中發生了一次與死亡相遇的經歷——猝死。在兩次停止心臟呼吸，幾跨「地獄」，又重新復活，回到「人間」的經歷中，不少朋友凝鎖著額眉，盯著我嚴肅地詢問，你走的時候見到什麼沒有，如果見到了，又是什麼情景；後來回來時是什麼感覺，是新生的情緒還是在掙扎；甚至有人說我有福氣，竟然活了「兩次」。在醫院半年的時間裡，我經歷了從來沒經歷過的加拿大醫療「生活」，從文化、人道、社會、醫療、體制到人的感情等等，讓我從個體角度，全方位地認識了這個國家，這就是我用〈病房日記〉所記錄的一切。很想讓讀者們從生命和人的本質角度，來認識我們身邊發生的事，從而去理解「愛」在人性的共同理想中，到底有多大的意義，生命的世界到底需要什麼。

日記（一）

　　二零零九年的三月四號，蒙特利爾的寒風還保持著強大的生命力，雪在飄著。其實，春天已經來了，只是春天來得不易，生活在這個城市的人已經習慣了這種「倔強性格」的加拿大季節。

　　我，在這座城市生活了超過二十年，是在這座城市認識北美的，帶著在中國結婚的老婆出國生活了幾年，在這裡又離了婚，外面的日子過得心酸苦辣，那滋味包裹了生命，幾乎足夠人生了。下班回到家，那個新的樓房，是我那些年出國後最溫馨的家，我和新的愛人剛剛同居不到半年。鑽進溫暖的被窩裡，我一把抱住丹妮，立刻感到非常衝動，她把臉貼近我，讓我把呼吸的氣流通過她的耳洞，溫柔地走過她的全身。丹妮是古巴籍的加拿大人，她身上有著我喜愛的拉丁人直爽熱情的性格，自從認識她，我相信找到了愛。我說，又衝動了。她就嘰嘰地笑，說，就熱血激情吧！我們又做愛了。那些天的工作確實有點累，越是累的時候做愛的情緒越高，這是不少男人的感覺，可能這樣會休息的更好。我開始摟著愛人，這是一個完整的海綿體，性事後的睡眠很平靜，連個夢都不會有，呼吸聲就是小舟輕輕蕩著的夜光。

　　凌晨四時左右，我起身到洗浴間方便，每天幾乎都是這個時候起床，丹妮也醒了，她工作時間早，要準備一天吃的（通常都是帶飯），這會兒她還躺在床上。我無法記起當時發生了什麼，「轟」的一聲，我昏倒在了地上，發生了猝死。那聲音很響，像一塊大石頭砸在地板上，在床上被驚嚇的丹妮喊著我的名字：「阿南（家人和朋友都這樣稱呼我），怎麼了？出什麼事了？你到底怎麼了？」見沒有回音，爬起來走進浴室一看：我的頭倒栽在浴池裡，身子卻側躺在廁所的馬桶上，眼睛

死死地閉著。她開始喊叫著我，想挪動我的身子，可是那倒去的身子像是被雕琢的軀體執意僵躺著。心臟停止了跳動，這就是事實。天還在漆黑著，萬籟肅靜，只有這個居室裡亮著燈，丹妮開始哭了起來，她知道眼前發生了大事，一個可能走向死亡的男人和一個必須把他生命拉回來的女人在面對著挑戰。

（旁白語：）天有些微微弱弱地翻著光亮，一個生命卻悄悄地走向黑暗的小道上。彷彿陰魂的筆，在那飄然而去的空白上寫著胡思亂想的文字，問道：阿南，這是怎麼了，人好好的怎麼就想要走了呢，也太突然了，這些年你的生活匆匆忙忙，也算辛苦有餘，還沒有顧得上好好歇一會，再說，現在不是剛剛感到好一些，美好和愛正開始擁抱著你。

　　丹妮在哭喊聲中突然「醒來」，畢竟在古巴時做過護士，她明白此時必須做什麼。拿起電話，她立刻打通了911急救中心，又打給了她最好的兩個朋友，叫他們立刻過來。接著，把我拉到地板上平放著，開始做起了人工呼吸搶救。丹妮是他們家裡唯一的一個孩子，因為母親在醫院裡做的是護士工作，也就提供了機會讓丹妮做了同樣的工作，不過，她從未經歷過這樣「現時」版的搶救，她知道自己很害怕，但面對的是自己的男人，變得毫無選擇的勇敢，她沒有猶豫。雖然不知道做的這一切是否奏效，那一刻，根本不知道眼下這個生命的心臟是否還在跳動，只有一個理念，堅持等待救護車的到來。沒有多久，住在附近兩位朋友趕到了，他們輪

流做著搶救。牆上的鐘在滴答地走著，點擊著一刻又一刻，他們為拯救一個生命的力量越來越弱，眼前的這個男人像睡死了過去，是一個拖不起疲憊的身子，無心打理他們的情意那樣，「執著」地睡著。丹妮用勁傾聽著心臟的跳動，卻不知所措地期待一個結果，到底是還呼吸著，還是已經停止。救護車和員警趕到時，已經是二十分鐘以後的事了。當他們用心臟記錄儀測試，跳動的頻率是零，也就是説，此刻心臟沒有了跳動。那人説：「有些晚了，心跳已經沒有」。丹妮説：「我們一直都在做人工搶救，應該還有希望。」那人説：「讓我們試試，就算是不行了也要試試。」他開始用心臟起搏的機器，開始振動，一次，兩次，三次，電腦螢幕上，竟然開始出現了新情況，心臟有了復甦的頻率變化。救護車幾分鐘之後，拉到了蒙特利爾大學附屬醫院急救病房。

日記（二）

這是一個非常專業的醫院，急救病房裡擠滿了病人，因為病況危急，我被安排在一個相對獨立的地方，所謂獨立，就是在一個只有三個病人的急救室裡。這裡設備相當齊全，負責具體救護醫療工作的是一位加拿大籍的海地醫生。

屋裡的燈光有些暗淡，藍色布做成的簾子，把三個病人分開，搶救工作立刻開始。醫生把儀器安上後，被驚住了，我

的心臟呼吸再次出現停滯，巨大的危險再次重複。眼前發生這樣的事，其結果，醫生心裡非常明白，首先要實現心臟跳動的復甦，然後是復活人的大腦意識能力，這是醫生也無法回答的確定性「努力」，保住生命是最大的運氣，這需要兩到三天的搶救工作，才能知道結果。即使醒來後可能面對三種狀況，要麼真的好起來，成為正常的人；要麼醒來後成為植物人，終身需要照顧，恢復極其困難；最壞的可能，將是無法復活生命，走向死亡。對於這些可能發生的事，醫院眼下是無法回答的，具體地說，與病人的病況，身體素質和「運氣」直接有關係。丹妮焦急地只是想從醫生口中得到一個自信：阿南有希望走回來嗎？顯然醫生無法回答這個問題，他只說了一句話：「他現在的心跳頻率是零，進了醫院就當心跳正在復甦來搶救，我們必須這樣做。」這話，當然是在救活一個生命的稻草，無論如何，它還存在著一個影子和心理上的希望。

　　十多分鐘後，醫生走出來對丹妮說：「好了，一切又開始新的復甦，在心臟起搏儀器的作用下，他已經有了心跳跡象。」丹妮興奮地說著「謝謝」，不由自主地請求能進去看一眼。沒想到的是，醫生竟然答應了！在那個暗淡的空間，丹妮只聽到呼呼的有節奏的聲音，這是起搏器在振動著，電視螢幕上，一條微微的生命線，貼近著大地，在緩慢地移動。這次阿南的心臟又有了第二次跳動，從存在到開始，在期待大地的呼喚。我那個身子從上到下插滿了管子，如同木頭製作的，被無

數個「釘子」固定在生命的兩極，滴答的藥物水，像分鐘的跳動，在聽天由命地期待著上帝的選擇。

（旁白語）：在這個家族裡，從來沒有過關於心臟病史的紀錄，遺傳的因素只能是零，怎麼會出現在你的身上，難道這是一次「偶然」的「玩笑」。姥姥曾經說過，每個人的一生都會經歷一次生命的「磨難」，可能你不再是這個「戲場」的人物，就該離開了，也可能你的存在只是需要一次「苦難」的感受，更明白生活的意義，「驚險」一次。阿南，你的命運正面對這次考驗，是姥姥說的那種，在海外不一樣的生活環境下的不一樣的經歷，你心裡該是最明白這份「苦難」與坎坷，這是你無法回避的人生，是你的故事。

日記（三）

急救室的燈光永遠是暗淡的，如同一條生命的通道，來去往返走過了很多人。門口坐著三個人：丹妮，她的兩個好朋友歐文和赫貝爾。醫生走過來，提出要與家人做一個簡單的問答。

當提到家人的時候，丹妮也不知道怎麼解釋才好，她現在是與我靠得最近的人，但她也不是真正的「家人」，只是愛人和同居者。這幾年離婚後，我一直是和女兒住在一起，現在女兒上大學了，也單獨住著，平常的聯繫主要是打電話，偶爾聚

會一下。丹妮開始打電話，聯繫我的女兒和兒子，還聯繫其他的朋友，她沒有經歷過這樣的事，也不知道一時該怎樣理順這些事情。不過她始終沒有與我的女兒聯繫上，女兒的電話是關著的，可能上課很忙。兒子還是一個小孩子，他說，聯繫上姐姐一起過來。

醫生大致詢問了我的情況後，問丹妮能否作為愛人的身分在治療單上簽字。這事說來是件「原則」的事情，人命關頭，按照常規，簽名這事是絕對「自家人」的權力，在中國是按照最親的家庭關係考慮的，眼下情況變得有些不同了。加拿大的「家人」關係，似乎與親人有關，與同居者有關，甚至與朋友有關，在危機時刻，與最現實的可能有關，在急救室裡，就和丹妮直接有關了。她看著眼前的兩個朋友歐文和赫貝爾，歐文是本地魁北克人，他果斷地說：「沒有選擇啊，這事就你能做。」赫貝爾是來自墨西哥的，沉默了一會說：「既然醫生可以接受你的簽字，就簽吧，如果需要，我也簽上名。」丹妮沒有猶豫，立刻在紙上簽了名。這就是海外的特殊環境和生活，兩個來自不同國家的愛人（沒有任何婚姻契約關係），彼此就這樣承擔起了人生責任和義務，成了家庭最親的人。

丹妮和我的相識是非常偶然的，就是一次生日酒會的緣份。大概有一年多時間，一位魁北克朋友生日聚會，丹妮和我都是他的朋友。聚會期間的拉丁音樂喚起了丹妮的舞姿，據朋友說，她在古巴時就是大社區藝術團的，除了工作，她

的業餘時間都混在跳舞中。我喜歡拉丁音樂和舞蹈，豪放歡快，很有節奏感，如果也能舞上幾下，一定很驕傲；此刻我倒很「絕望」，自己無論如何也是學不會的，舞池裡的丹妮讓我崇拜。我拿著酒杯走到了她身邊，讚揚她跳得好，為她敬酒。丹妮喝下去就笑，笑了一整子問我：「你是中國人吧！」我說：「是的。」她又笑起來，說：「很喜歡中國朋友。」我說：「真的！」她說：「真的！」那天晚上，我們就談到無法分開的程度，像是上帝安排必須這樣。既然如此，我們就乾脆有了關係，痛快的愛上了。後來，我們成了「約會人」，每天都想見，你約了我約，最後成了一家人。其實，我出事的時候，丹妮認識我最多一年時間，她面臨和承受的壓力確實很大，真能夠負起我生命的責任嗎？當今天我準備出版這本書時，我們已經相愛十年有餘了，驗證了愛本身就是註定的命。

　　三月四日的這一天，我的急診室裡出現了小小的「騷動」。蒙特利爾的城市裡，有什麼事發生，整個華人社區立刻傳開了。從下午開始，朋友們紛紛趕到醫院，儘管是醫院的開放時間，因為人多，還要在室外等待，一直要到其他朋友走了才能進去。阿南發生的事，讓大家感到突然，很難想像，平時身體很好而且很健康的人，怎麼一下子倒下了，走向了生命的邊緣地。

　　（旁白語）：那個身體平靜的安放在床上，空白的生命像

是掛在空中。陰魂的鐵環在下面滾動得吱吱著響，像是從童年開始的路，走了又走。最早的記憶是坐在媽媽的腿上，她有開不完的會，我從來聽不懂他們講什麼，只是折疊著一塊手巾，開始疊一個方塊形，後來疊一條船，每次疊完成了，媽都會親我一下，然後拆開了，又開始疊，一直到她的會議結束。後來想起這事，為什麼媽媽就只會疊船呢，就只教會了我這件事。漂泊二十年了，就是一條小舟，這生命的空白在虛弱著，有一種撕裂著心的難受，多想回到童年，坐在媽媽的腿上，重新疊著那塊手巾，然後讓您親吻。媽媽，身邊有很多朋友，可惜沒有您在…。

日記（四）

想起一九八零年代，我們是恢復高考最早的一批大學生。大學畢業正值中國改革開放開始走熱，學校打開了對國外學術交流的大門，開始有了校際交流和公派留學生。這個情況讓我的內心像炸開了鍋，有了一個「狂熱」的想法，希望有機會和國外學者接觸，交流學術。一件有些「荒唐」的事，澈底改變了我的生活。

就在一本介紹加拿大有關礦業大學的書附錄資料中讀到了一個人，只留著一行字：「讓‧克里夫，歷史系教授，研究課題：法國近代人物與城市區域變遷」。那時我留校任教，擔

任開設歐美近代史課程，正好完成一篇法國大革命丹東[1]研究的論文，萌生出一個「奇想」，想把自己的論文翻譯成英文，寄給這位教授交流。不過，我對自己的想法也很有質疑，這只是在一本翻印的小冊子附件裡提到的一個人，與他不相識，毫無關係，真假不清楚。近代法國史研究問題很多，方向可能也不盡相同，翻譯英文也不是自己的長項。再說，國家雖然開始開放對外交流，像我這樣「私人」性的往來，是否符合要求？是否會被容許？覺得自己的舉動似乎不大可能。可是兩個月之後，我收到了這位教授的來信，對我的論文提出了修改的意見，而且寄來了有關丹東的研究資訊。這樣一個現在看來有些「偏離」的人物研究，竟然找到了如此「知音」，興奮不已。隨後的一段時間，我的論文在中國學術雜誌發表了，因為年輕氣盛，大膽提出了與中國著名法國史研究學者王榮堂，樓均新觀點不同的第三種說法，論文觀點後來成了中國丹東研究的「一家之說」[2]。之後，我的論文在那位讓・克里夫教授的幫助下，被推薦到他所在學院的學術委員會，經過了審核，我申請攻讀博士學位的請求，被學術委員會批准，獲得學校獎學金，一九八八年秋季錄取為該校攻讀「近代法國人物研究與城市變遷」博士學位。

---

[1] 丹東，法國大革命時期的重要歷史人物。

[2] 史學界對他有不同的觀點評述。（摘引自王瑋、黃尊嚴主編《世界通史教程教學參考・近代卷》，山東大學出版社2001年版，第113—119頁）。

一九八八年十二月二十五日，我心懷夢想落地魁北克市，那裡是一片白雪，是一個盛大的節日聖誕。在我心中的概念裡，就是一片「無知」。學校沒人，學校沒有住處，學校在放假。值班的工作人員，只能推薦住學校附近的「家庭旅館」。所謂「家庭旅館」就是私人利用自己多餘的住房，提供學生居住，在當時，價格上遠比學校宿舍貴多了，比如學校一個月租金是一百元，而「家庭旅館」一晚就是接近五十元左右。當時是毫無選擇了，也絲毫沒有想到後果，住進去才知道這個費用，出國前經過全家人的幫助，總共攜帶的錢不過二百美金（因為想到會有學校的獎學金），家裡也確實無力提供更多的錢，心裡並非恐懼，那時真的還算年輕。住入後第二天就面對支付旅館費用問題，為這事我竟然和房東吵了一架，未來的居住問題怎麼辦？不過，面對沒錢支付並沒有特別的害怕，因為對國外太無知，反而什麼也不害怕。有一件可笑的事情，曾經是我出國最初的「奇葩」記憶——在白雪茫茫的大學城裡，我當時卻沒有找到一個「開門」的商店，原因是走在街上，所有店鋪都關著門，想買一點填肚子的簡單食品，在街上轉了一圈沒買到，倒是回家的路上遇到一個中國學生，他告訴我，商店關著門並不等於沒開啊，你要主動推門進去。此時我才恍然大悟，因為純粹不瞭解，讓自己變得實在「愚蠢」。極其幸運地是，從他的介紹中獲得搬入學校學生宿舍的資訊，在他的幫助下，終於離開了「家庭旅館」。

　　（旁白語）：這是你夢想的最深刻的記憶，最嚮往的城市和學校，是那樣的神祕，是你在圖片上看到的美麗，你心裡沒有困難，也無法想像什麼困難，只有前程，還有虛榮和信心。在文科的班級裡，八十多個同學只有你最先出國了，而且如此之快地奔向北美。其實，之後的一切都是全新的挑戰，怎麼就沒有過害怕和擔心，你有足夠的思想和精神準備嗎？

日記（五）

　　丹妮這天沒有上班，一直守在我的身邊，她在想一件事，需要給「死去」的阿南一份復活的力量。她來自古巴，信仰古巴的「宗教」，關於救死復活的理念是他們宗教的精神，她相信這個。晚上歐文守在醫院，她和赫貝爾匆匆趕回家，他們在計畫做一件事，關乎生命和愛。赫貝爾開始打電話，打給他的父母，兄弟姐妹，朋友和能想起來的人，告訴他們，最好的朋友阿南在「沉默的死亡」線上期待「呼喚」，每一刻都需要用心牽掛著他。按照他們當地人的習慣，會在家裡的「祭祀台」（南美人家裡都擺放的一種祭司擺設）前，放上水果食物和蠟燭，下跪求拜。丹妮也買來了各種新鮮的水果和花兒，把它們放在家裡的地上，把阿南愉快和微笑的照片，放置正中，蠟燭圍放在周圍，時刻點燃著，像是一道抗拒黑暗的光明線。丹妮開始祈禱起來，用盡心思表達自己的愛和期盼。她哭了，這是

多麼艱難的事情，就是愛上不到一年的愛情，她就必須承擔起如此大的責任，眼下的這個男人怎麼就這樣成了她的使命，她必須堅強，一定要救活他，這個善良的女人，情感世界毫無選擇。按照他們拉丁民族的宗教習慣，這是一種「呼喚」復活的儀式，用自然鮮活的各種物質吸去災難和痛苦。赫貝爾的電話，是呼喚起共同的力量，齊心合力驅除不幸。睡前洗澡時，丹妮找出了從古巴帶回來的那種「洗潔粉末」（用雞蛋殼碾碎製作的），在傳統的習慣中，他們都會在洗澡時，定時把它撒在頭頂，又噴上一些香水，然後用水沖洗，除去邪惡，把沾染身體的污垢掃去除掉，給自己澈底的進行了清洗，她相信要用最乾淨和純粹的身子和心面對愛人。這一夜，丹妮只睡了兩三個小時，其他的時間裡，她的精神渾濁著「死亡」與「復活」。

（旁白語）：親愛的，你真的走在地獄的通道嗎？見到了什麼？比如說，見到世外的花園，永恆的天地，還是讓你失望地看見一片黑暗，悲慘的世界。這，只是你的相遇啊！你在想什麼？在哪裡？或許你正在一個記憶的纏綿之中，生命就是那些曾經和不幸的可能……。

日記（六）

誰都沒想到一九八九年會發生了什麼。這一年幾乎所有的

中國留學生都獲得了移民的許可，整個留學生的生活命運發生
了變化。面對的不再是「學成回國」一條路，而是開始加拿大
的新生活。

　　窮學生，我住在一個獨立樓的地下室裡，半年的時間老
婆和女兒就團聚了。地下室的空間挺大的，就是一大間而已，
做飯的也屬於這一空間的一部分，旁邊有一個小小的廁所。有
趣的是，屋子正中豎著三根大柱子，這是建房時安上的，支撐
著房屋的架子，倒是給家增加了一些「動感」，女兒常常圍著
三個柱子轉來轉去地玩，我也沒少和柱子「撞頭」。有兩個不
大的窗子，站在地下室裡，正好和眼睛平齊可以看見外面的街
道，對面是一排排獨立的洋房。

　　街道正對面住著一家香港人，我們很快就成了朋友，主人
余先生是在蒙特利爾開飯店的，據說做的餐飲規模很大，現在
年紀大了賣了店，在家裡養身。這裡離大學很近，都是獨立住
家，加拿大的生活可以說平靜養人，但說到好玩開心就要問他
本人了。我們成了余先生的鄰居，他的生活似乎很單調，他和
他的妻子，還有一棟獨立洋房，沒事就見他站在門口，像是在
等待什麼。我們做上朋友後，無心的「約會」成了「期待」，
有事沒事就在一起交流，他有時直接來敲門問好，知道我們留
學生沒錢很困難，把飯店出售後留下的碗筷和炊具給了我們，
還把我叫到他家地下室，一堆家裡用不上的東西，任我挑選。
出國打工的日子，也是從余先生的介紹開始的，那時幹的活，

連自己也不知道會是什麼職業，能做的就是可以做的，可以做的就是心理必須承受的，因為要生活下去。

日記（七）

做過許多的工作，飯店洗碗，工廠搬運，到衣廠打雜活是最「奇葩」的活兒，在我記憶中印象深刻，之前從來沒見過，也沒想過，更沒做過，竟然成了一個男人的實踐，這是一段打工生活的苦澀「風景線」。老闆是一個幾乎「瘋狂」的女人，她開始的海外職業就是衣廠打工，後來變成了一家小衣廠的老闆，也是為了生存。每天不分白天黑夜的待在廠裡，常常住在車間的一間小屋裡，一個破爛的小沙發，扶手的海綿露在外面，躺下伸直腿，有一半身子沒擱放處，屋子本來就小，亂七八糟的東西，跨一步都困難。老闆能吃苦，腦子裡認了出國打工的命，就是拚命幹活，好在現在也是小老闆，手下有三四個人，可以對人亂罵，也可以發洩一下和獲得幾分快感。我不知道自己的打工生活竟然落腳於此，好在她知道我是一個讀博士的人，肯定有些文化，對我還算客氣。她問我，會開大車嗎（中等的那種）。我說，會的。她說，那就好，做送貨司機吧！她留下幾句安慰的話，這樣的工作比踩機器多幾塊錢，是小廠子裡的「好活兒」。我當然高興，那時沒有不高興的事，出國的興奮感和創業精神還有

幾分火氣，說到頭了，也毫無選擇。

　　為小公司送貨，一周有兩次，按理說開車過去，放下貨，清點了，拿到收據回來，就是這麼一個過程，可是做起來不容易。老闆怕你送貨偷懶，中途去了哪家咖啡店喝咖啡，又故意消磨了時間，她的工錢付著虧了（因為按小時支付），每次都少不了那幾句話，抓緊時間，還有很多事要做。你一出門，可能路況難測，萬一高速公路堵塞，時間就成了問題，遇上這種情況，司機成了熱鍋上的螞蟻，心在上竄下跳；到了公司，有時點貨需要排隊，也需要時間，搞得送貨人人心惶惶，自己也覺得不夠「誠實」，每天的工作都面對心理壓力，處於情緒緊張慌亂狀態。有時回來晚了，老闆很不高興，臉嘴難看，就說些任務重，幹不完的活，心裡煩得很的話，讓你也跟著「傳染」壞心情，打工像是傳染「心理疾病」。如果沒貨送，老闆就安排踩機器，男孩子幹這活似乎不夠伶俐，就負責打衣扣，就像簡單機器「運動」，我曾經幹過這活兒。記得有一款服裝，一件外衣需要打二十八個扣子，這個設計師真是「整死人」，這麼多扣子需要多少時間，一件外衣做下來成本多少，老闆計算後確定五分鐘打好一件，這樣她有得賺，也是理想的製作時間。可是，她廠家的機器陳舊，受不了打扣子那個超級「勞動」，打幾個扣子就不工作了，扣針不停的打斷，還消耗成本。這女老闆開始怪天怪地，對我大罵出口，什麼你真夠麻煩，你操作有大問題，你缺乏耐心，你這樣虧了我的生

意……。上帝啊！她就這麼胡說亂講，那時我第一次頂撞了
她，我說，你來試試，請不要瞎說。她開始自己試了起來，結
果同樣沒法工作，我見她滿頭大汗，手也抖了起來，這老闆也
太拼自己，出國就為這個，我說你不要太急，身體重要啊！讓
我們也很心慌，還是把機器修理一下吧！她聽到這就哭了起
來，幾個幹活的人都看著，她說自己真是倒楣，這批貨本來就
不應該接，現在還要花錢修機器，還是要虧錢，沒人理解和心
疼她。那個年代，中國人出國打工，這個小小的老闆，就是這
樣的「境界」，沒有辦法，這就是出國生活，也是瘋狂的世
界。她家男人是東北的漢子，據說在家裡不幹活，老婆怕他十
分，每天下班時男人會到廠裡接她，管錢的也是男人。這些情
況我們不知道，大家都是聽說的，下面議論紛紛。她是小工廠
的老闆，她的苦衷自己得承擔著，每天中午看她都是吃速食
麵，比人家做的好一點，總喜歡放上一個番茄，打上一個雞
蛋，用她的話說，北方人吃湯水舒服，百吃不厭，自己也是省
錢的「貨」。吃完麵，碗是從來都不洗的，小車間放著幾個飯
後未洗的湯碗，再做湯麵時，才會把碗洗了。

　　打工的日子，煎熬的痛苦是無可奈何，肩負著超越自己想
像的「不幸」，很少思考過自己和對自己的關愛，極度生活的
不正常，心裡病態非常嚴重，記得在一段時間裡，兩隻手常常
處於顫抖狀態，有莫名想哭的感覺，一直持續了近一年。也是
從那個時候開始，我的情感世界進入思考和寫作階段，第一部

英中文詩歌集《一隻鞋的偶然》（這本詩集入圍了2015年美國最大的「獨立出版人圖書獎」），詩稿就始於那個時期，這一個極度激憤的夜晚，寫過一首「只是我選擇的那個季節」，深切地表達了當時的心情：

只是我選擇的那個季節

實際上是真正醒悟了／季節／哦／走來的是一個我的傳說／與一片孤島／同裸於海水之中／用濤聲的／拍打來造就空氣的／感性中的／白雲的／純淨的／急流的／心臟上的哲學／於是／我走進它／在時間和空間的額頭上／刻下恣意的而開放的／那一片被衝擊過的沼澤／啊／季節的名字只是我的／然後／把錢捏作一杯浪漫的Amarula咖啡酒／想出一種愛來／不要姿色染成的／感情的那種／只是感覺到的／有海草氣味的／被沼澤混濁的／和在血液中流過的／啊／我用噴起的浪頭／寫一首孤島輪迴的詩／用赤裸的心把季節填滿／還有什麼不滿的呢／在心臟生息的那裡／蹦跳著我悟起的／二十一世紀死去的／又走來的／一個季節的獨白／啊／世界是我的／活的如何／只是／我選擇的那個季節

（寫於2000年）

　　（旁白語）：這段記錄的經歷，僅是打工生活的一段小小的素描，對你的心理成長是有衝擊的，後來的猝死經歷，可能存在這樣的事實，那些極度壓力的生活，影響過你的情緒，扭曲過心靈的變化，是發生某些緣故的必然因素。

日記（八）

　　急救室第一天的下午。

　　這是一個純粹未知數的一天，身上插滿的各種管子，在刷洗著一條通道，清理出生命可能被淹沒的一切障礙。護士不時地進來查看，增加和調整各種藥物，檢查著可能發生的意外。她對著丹妮笑了笑，說，你們是朋友（因為看膚色不同）？丹妮嗯了一聲。她微微笑了一下，又說，你們真好，希望他有運氣，能重新回到生活中來。丹妮站起來，開始問，你過去接觸過這樣的病人嗎？結果都怎麼樣？她說，這是最難回答的問題，醫生們都說不好這種事，這真的要由上帝來決定，說著用手摸了一下自己的胸口，她告訴丹妮，見到過幾次這樣突發的病人，結果都不太好，有的走了，有的成了植物人，長期需要人監護和照顧，不過，這可能也要看各人的情況，病人的體質和搶救的效果等。丹妮不停地點頭，她的意識中無法接受其他的可能，因為昨天還和阿南正常的生活在一起。護士安慰說，這個醫院，是蒙特利爾大學的附屬醫院，醫療水準和設備都是

相當好的，醫生的職業精神就是做到最好，用最大努力，任何復活的可能都會抓住的。

　　心臟的記錄儀，在輕微的泛著波紋，屋子裡很靜，只聽到嘀嘀的機器聲音。

　　丹妮收到電話，女兒勤打來的，晚一點和弟弟會到醫院。這段時間，因為學校考試，她一直待在她的男朋友家，他們是同學，總是在一起安排複習。勤出生在中國，兩歲多就來到加拿大，現在二十出頭了，嚴格的說是加拿大本土長大的孩子，聽到父親發生這樣的情況，感到很突然，根本沒有任何心理準備，也很難想像事情發生的後果會如此嚴重。多少年來，在兩個孩子的記憶中，從來沒有聽說過爸爸有什麼大病，生小病的事都說不上來，從來沒經歷過關注或照顧父親這樣的事，當來到醫院見到此情景時，確實嚇懵了，怎麼會這樣？！他們就像沒有這樣的經驗，束手無策，根本不知道該如何面對。

　　在國外長大的孩子，親情關係在傳統的中國家庭關係中，顯得有幾分「尷尬」。或許按照在中國生活的父子關係，這樣的事情對孩子會有很大的震撼，他們也會就此表達出強烈的感情情緒。不過，我的孩子不是這樣。丹妮說，二十出頭的勤和十多歲的弟弟並沒有那麼強烈的情緒表達，沒有哭，也沒有表現出很憂傷的情緒，他們似乎不太懂這種傳統化情緒，又似乎更具備某些「人道」的文化意識，表現得相對沉著和穩重，對家庭的血緣依賴關係，對親情和愛，有著與國內長大孩子的根

本不同。在醫院裡，除了瞭解了父親的情況，他們的更多主意是聽從醫生的意見，因為不明白，尊重醫生的決定是最好的選擇，客觀地面對現實，似乎生活還在正常。丹妮畢竟是在古巴生活了多年，她們國家的親情文化近似於中國，對兩個孩子的行為和心理狀態，她多少是有一些不習慣，簡單地說，她覺得孩子們不夠理解和懂得父親。兩個孩子到底能做什麼呢？丹妮覺得自己才是最可能做好的。當然，出國後的家庭也並非一樣，或許有保留著深厚中國傳統教育的家庭，分享著與國內完全一樣的父子情感世界。但是我不想回避事實，儘管我們這些受過幾十年中國文化教育的父母，在與從小受西方教育的孩子打交道時，面對艱難的困惑，也要客觀地認識他們，應該說，他們表現的已經是他們的「新文化意識」，西方式的「家庭」道德意識，不想怪罪孩子，也不想自責自己。在急救的兩三天裡，孩子們做了兩件事，給國內的母親打了電話，說明了情況（我們已經離婚）；課餘時間到醫院陪伴了父親，守候在父親身邊，這是他們可以做，也能做到的事。

作為中國人的家庭，在北美的現實生活中，如何認識自己的生活價值觀，不同的家庭有不同的選擇。我是屬於開放和更關注「文化認同」的一類，對於孩子情不自禁地融入於主流社會，是鼓勵和支持的，如果他們生活在新生環境裡，就應該是這個環境裡的「分子」和主人。我的孩子和同一年代過來的孩子們比，還算比較正常的融於本土社會的，自認為是較好

的一部分。但是，作為移民的家庭來說，就要付出代價，在造就中國式的家庭親情關係方面，可能我的家庭，就客觀上成了「失敗」者，說準確一點，傳統的中國家庭的尊父、孝老的觀念，在他們身上是欠缺的。在突如其來的父親病重面前，他們幾乎是束手無策，這似乎和他們的某些理念有關。我們到了海外生活的人，還想指望孩子們給你什麼呢？我是想通的人，只要有家庭的關愛和理解就夠了，自己的生活永遠是自己的。

日記（九）

漂泊，就像把世界的種族，信仰和愛抓到了一起，因為命運是等同的，我和我的朋友們是一個小舟上的親人。在南美人的生死理念中，一直保持著這樣的傳說，如果把一個椰果在大路的十字路口上砸下，其中選出最大的四片，要看是果內皮朝上，還是果外皮朝上，可以「確定」人的生死去向。如果內皮朝上的多，生還的希望就大，如果全部朝上，就是生命有還，反之就失去希望。丹妮相信這個，她的朋友歐文，赫貝爾也確信無疑。天漸漸地黑了，急救室還是只留著機器嘀嘀的聲音，丹妮他們三人直立在我的腳前，低下了頭，丹妮屏住氣在小聲地說著，阿南，你是一個強大的人對嗎？你是太累了對嗎？你只是死死地睡著了對嗎？你聽著，我們要去大路口了，把我們行進的方向選好，然後回來叫醒你，我們一起去遠方，她的

話字字清晰有力。歐文留下了眼淚，他說，阿南，我也在你身邊，鼓起勇氣，一起走。赫貝爾說，阿南，我們等你醒來，你說過要去墨西哥的，今年我們就去，絕不拖延。說完後，他們拿著買來的椰果出門了。

　　這天的夜晚，空氣十分清新，雖然還帶著幾分寒冷，我親愛的朋友們，心裡熱乎乎的。來到附近最大的路口，路燈睜著大大的眼睛，一片光亮。丹妮拿出了椰果，閉上了眼睛默默地祈禱，然後高高舉起，朝著十字路口使勁砸去。嘣的一聲，椰果被砸開了，三個朋友急忙往下看去，一切都展現在眼前，砸下的椰果正如他們所想像的那樣，果真最大的四片都是果內皮朝上，朝著星光的天空，露出乳白的顏色。這下子丹妮大叫起來，太好了，真是太好了，這一切幾乎是中了大獎，三人擁抱在一起。他們沒有再說話，眼前的事實讓他們有了信心，他們相信這是事實。這天夜裡，我親愛的朋友都安心的睡了，他們就這樣「欺騙」著自己，雖然不懂醫學，似乎懂得命運的「猜想」。其實，生與死在科學的面前像是明確的兩個概念，但是生與死之間的那條河，會模糊了兩個命運的必然性。這一夜多麼奇特，我躺著，躺在不是地獄也不是人間的地方，躺在最平靜休息的空中，不在天上，也不在地上，沒有身體，沒有精神，也沒有自然，倒像是一塊版圖，一個城市和社區，那些五花八門和多色奇異的藥物，開始在軀體中湧動，尋找著各自「回家」的路。

　　（旁白語）：阿南，你曾經讀過這樣一個故事：有一個
小男孩患有先天性語言障礙，已經七歲的他不曾說過一句話，
求醫也無效果。生活的重壓使母親不堪承受。有一天，她帶著
自己的衣物從家裡不辭而別。母親的離去澈底擊碎了父親的信
心，絕望之中，他決定帶著兒子離開這個世界。這天，父親將
農藥倒在杯子裡，要兒子喝下去。就在這一刻，奇跡發生了，
從不會說話的兒子突然哭叫起來，說出了一句話，「爸爸，我
想活下去。」兒子的話驚醒了父親，他扔下杯子，將兒子摟在
了懷裡。人生求活的欲望，難道不是奇跡嗎？！生命就是奇
跡。如果你的生命還有很多事要做，還有很多愛與夢想，還有
丹妮的等待和勇氣，你就不能選擇離開，生命同樣會給你奇
跡，讓你復活。

日記（十）

　　三月五號，急救室的第二天。

　　幾個醫生來到病房，今天他們做了會診，按照搶救的方
案繼續在觀察。那位皮膚黑色的醫生對丹妮說，今天休息得
好嗎？這話問得她有些興奮，丹妮說好，接著把到大路十字
口砸了椰果的結果說了，她說得很嚴肅，又很確信。醫生笑
了笑，很有興趣地問了這個文化習俗的含義。他說，你做了
一件感人的事，會感動上帝的，也會感動你的朋友阿南，旁

邊的醫生都讚揚説，真好。這事似乎有些奇妙，像是預測了
一個人死活的結果，醫生的表情，就像受到感染，他有些輕
鬆地説，大家確定的問題是一致的，第一步是搶救生命，讓
人能活過來，藥物正在阿南身上發生作用，需要一點時間。
他指了一下丹妮繼續説，就按照她的預測進行下去，我們努
力做好，至於下一步情況如何，我們暫時不下結論，那是一
個複雜的問題。

　　一旦進了醫院，面對的花費都不再是問題，丹妮問起關
於醫療費用和有關支付時，醫生開著玩笑地説，阿南支付的就
是征服自己的疾病，什麼都無需考慮了。丹妮顯然不太明白，
這個國家對於移民來説，也是第一次經歷病房，對於國家醫療
的政策，更是知道甚少。醫生走後，丹妮被相約到醫療行政部
門，那裡的負責人告訴她，鑒於阿南的收入和病況，已經做過
檔案調查和分析，他將接受全部免費的醫療待遇，無須支付任
何花費，按照這個「待遇」計畫，不需要做任何事，就像回了
家治療，醫院成了父母，就這麼簡單。這種情況，對於留學移
民的那一批打工學人，加拿大國家的醫療政策讓他們完全免費
受益了。

　　這一刻，丹妮站在我的身邊，就只有她一個人，她用古
巴人簡單的儀式喚醒著對自己愛人生命的感召，用毛巾給我洗
過臉，還撒上她最喜歡的香水。面對這個緊緊閉著眼睛的男
人，她説了很多話，親愛的南，我，和你最好的朋友已經為你

祈禱了，上帝已經說過，你不會走的，而且一定要回來，因為
你有著真正的愛人……丹妮，她也很愛你。朋友們都喜歡你，
因為你是一個讓人羨慕的中國人，陽光、開朗和愛開玩笑，你
的口頭禪，充滿著孩子的情緒，那樣可愛。親愛的南，我的家
人和朋友們都在為你祈禱，每天都這樣，就等著見到你，和你
一起歡笑。我在等你啊！你醒來，我會做你喜歡的中國飯給你
吃（平時生活中，和我學過做一點中國菜）。真的，我已經想
過，已經買好了，準備好了，都放在冰箱裡，就等你醒來。我
現在很有信心，親愛的，你聽見了嗎？

　　（旁白語）：聽沒聽見此刻是無法考證的，心靈相通沒有
人敢懷疑。在很多猝死後植物化的生命中，這種交流和感應，
曾經是巨大的力量。阿南，你感受到了嗎？沒人說知道，只有
神靈的精神在告訴你，真的，有一個詞叫「心靈感應」，這是
存在的，在愛的心靈中一定存在。

日記（十一）

　　下午，江歌剛下飛機就聽到我住在醫院的事，心裡一酸，
眼淚流了出來，沒有回住處帶著行李就直接去醫院了。一九八
八年的時候，江歌與我是同時從國內出國的，他來自杭州那個
城市，曾住在一個宿舍，在國內是醫學院的老師，作為訪問學
者到大學交流的。因為中國的學生事件，加拿大所有的留學生

學者都留了下來了，唯有江歌沒有這樣，後來就回國了。時隔近二十年，他又以「技術移民」的身分再度回到加拿大魁北克，這次的選擇與孩子有關，唯一的一個兒子決定選擇出國讀大學，這關乎到孩子的前途大事，畢竟魁北克是他來過的地方，法語區也是相對好申請的地區，更何況還有朋友，江歌依然選擇了這裡，準備過一個全新的生活。

作為訪問學者，當時他是獲得國家有限的資助出國的，那個時候，國內經濟情況還很不好，一般出國的訪問學者，都是用資助的加上打工省下的錢，買上「八大件」回國，出國的任務也就「完成」了。事實上，學者交流是件說不清楚的對外學術活動，因為錢由國內提供，加拿大校方一般對交流學者，不提出任何要求，只是提供場合，隨意自己安排研究和「交流」。一些學者根本就不用心進行學術研究和學習，而是利用有限的時間打工掙錢，雖然這樣的打工並不合理，但畢竟留學人數有限，地方也無力管理那麼多。學者們也由此為回國帶一筆「財物」，也算是學者交流的「特別」待遇，江歌就是其中的一個。在做訪問學者的那一年裡，每週他會到學校兩三次，和導師交流一下，找點什麼事做一下，其他的時間都是在宿舍自己打發，睡懶覺，出門打工「混」過去了。不過，我們同住一個宿舍，共同生活，成了要好的朋友。

江歌是一個有點特別的人，可能是做醫生的緣故，對西方的一些文化有戒備心，在衛生「安全」預防的問題上很敏

感，西方人隨意的人情關係，他一直很提防，做出的很多事十分可笑和「奇葩」。那時愛滋病已經在生活中有了流傳，這本身就是一種很西方的病，學校裡年輕人性事比較隨意，對於這個，江歌行為做事非常小心，採取了完全對抗的態度。上廁所，他拒絕坐馬桶，而是直接蹲在上面，這種似乎不禮貌又讓人們不理解的行為，在他看來是非常重要的。在宿舍裡拒絕使用浴室（因為廁所洗浴是共同使用的，儘管是淋浴），而是在跳蚤市場買了塑膠盆，像國內用盆洗臉和擦身子。「奇葩」的是對平時使用的零錢硬幣也「恐懼」，為了避免更多用手接觸，專門買了大口的小包，買東西時請售貨員直接把零錢放入包裡；更有甚者，連進出學生宿舍大門，為避免直接接觸扶手，常常是等有人出進時，他一股溜地鑽進去，江歌的行為如今看來近乎於有些「變態」。那個年代，我對他的行為並非感到特別奇怪，我們都是初次接觸西方和他們的生活，我們腦袋裡裝滿了封閉和打不開的鏽物，對於愛滋病的傳播也是零知識，怎樣「恐怖」的想像也不會過頭。後來想想，江歌作為一個學醫的，如此「無知」的行為，似乎並非僅僅來自知識貧乏（在當時，中國醫生接觸有限），更多地可能來自文化和心理的差異，對西方社會與生活的不瞭解，和一些莫名其妙的「恐懼」。

　　說起當年江歌選擇回國，在留學生圈子裡曾經引起不少的議論，在我記憶中他是唯一一個。那個時候，移民加拿大並

非易事，所有出國的人都和國內學校或單位有合同協定，即使
自費公派的，也幾乎毫無選擇。加拿大的「特許」，以無條件
接受的方式，給留學生提供了一次難得的機會，江歌沒有隨大
流，學校交流時間結束，背起背包回國了。其實，他的想法可
能並非複雜，也一直沒有真正問過，這可能與個人的性格和
「計畫」有關。當時，為了省錢買到「八大件」，他確實受了
不少「苦」。在商場裡買的都是特價貨，有一段時間，幾乎走
到了極端，買來最便宜的雞大腿，不新鮮的香蕉、番茄、麵包
和花生醬，一吃就一周，還推廣這種吃法，說是營養有保證，
省了大錢。江歌確實實現了他的願望，帶著「八大件」回國
了，據說他後來因為自己回國了，也有過小小的遺憾，留下的
人也為他失去一次機會而惋惜。但是隨著時間的推移，一切都
發生了變化，中國變了，他成了學術骨幹，掙錢也不少，時隔
二十年之後，他又回到了加拿大。

　　江歌坐在病床邊，我還在平靜地躺著，沒有醒來，這是我
們生命中的第二次相遇，時間的大回潮，該有多少話想說，他
只說了一句話，阿南，我是江歌，回來了。那天，張遠也在病
房裡，他獲得了國內優惠的工作待遇，正準備回國發展，他們
兩碰上了頭，一來一回，感慨萬千。江歌說回來的原因，是因
為兒子來加拿大讀書，讀完書想在國外發展，做父母的還是更
關注孩子，這次有幸辦成了技術移民，也算了結了當年離開加
拿大的「遺憾」。張遠的想法卻不一樣，他在加拿大拿到碩士

學位，幹過幾份工作，最終都沒有幹到底，一直也沒有建立自
己的家庭，還是單身人家，現在中國大發展了，很多人選擇了
「海歸」，倒是想回去發展自己，看看國內機會如何，反正一
個人的生活，是自由的。

日記（十二）

　　急救室的每一刻，都是和生命存活相關的。第二天的夜
裡，醫生出乎例外地來找丹妮。

　　第二天，按照程序是關鍵的一天，通常會在這天選擇決定
病人的搶救結果。具體地說，要嘗試撤銷身上的管子，讓病人
自然回到自己最好的狀況。自從進入病房，我的情況並沒有看
到什麼好的變化，讓人擔心的是，整個皮膚浮出現了浮腫，開
始泛出青色，眼珠翻白著，整個情況似乎更加惡劣，身邊見到
的朋友們都很擔心，為我捏著一把汗。

　　主管醫生想知道家屬的想法，更想協調家屬的心情。他沒
有說病況結果，問道，你們現在怎麼想的，心情狀況還好嗎？
丹妮說，不知道啊，好像一切都沒變化，人有些浮腫了，她克
制不住自己流著眼淚，表現出幾分衝動。醫生說，我們現在想
要做一個嘗試，比如把這些管子拔了，讓阿南處於自然狀態，
看他自身的能力如何，他努力用溫和的口氣解釋著。丹妮說，
會有什麼結果呢？醫生說，最好的可能就是活過來，像生活中

的他一樣；也可能活過來了，但不能自理，進入植物狀態；當然，最壞的可能也要想到。丹妮說，如果延續使用這些藥物，再晚一點處理會怎麼樣？聽她這麼說，醫生低下了頭，過了一陣子抬起頭來說，這倒不是常規的處理，不過各人情況有異，阿南病況可以試一下，他認真地問道，你有這個想法？丹妮嗯了一聲，說，現在就是最後拼一把，做最大的努力吧！醫生點了一下頭說，那好吧！

這是一次新的調整，為了保證身體不出現異常，大腦血液不受阻塞「死亡」，我的身子從下到上放滿了冰塊，氣溫做了嚴格的調整，整個人保持在「恆溫」狀態，藥物按照要求繼續輸入體內。當把這些事做完，護士做一次身體的「清洗」，她的工作很認真，把我眼前的頭髮，蓋在身上的衣物擺放的十分規則。丹妮看著她，不知道說什麼，阿南的家裡，就他一個人的家來到加拿大，現在就他一個人，丹妮此刻感慨著，感到很溫暖。

（旁白語）：這是一個很黑很黑的夜晚，沒人知道阿南走到了哪裡。家裡擺放的那些瓜果都開始枯萎了，中間的照片上，阿南始終在微笑著，身上的那些汙氣正在被帶走，家人和朋友們都在呼喚著，手機裡是一個個問候的面孔。今夜是最艱難的時刻，她想用全心來對話自己最親愛的人。

日記（十三）

夜深了，丹妮不知道為什麼，她還坐在我的身邊。

打開挎包，裡面有中國寄來的一封信，這是阿南家裡的信件，準備帶來給他看的。她輕輕地拉住我的手，那個屋子暗淡著，只聽到自己的心跳，此刻想對愛人說話，有些興奮，她溫柔地說著，阿南啊，是我，你的丹妮，是丹妮在牽著你，你可以看看我嗎？這兩天我一直在期盼著你睜開眼，今天你一定要回答我，一定啊！丹妮說，好吧，微笑一下也行，哪怕動一下，讓我知道你聽見了，聽見我在對你說話。她說著，又用另一隻手輕輕地撫摸著我的臉。

此刻，沒有人知道會發生什麼，這個夜晚充滿著人性的考驗，丹妮發現自己的手濕潤了，一種溫熱的濕度鋪滿了她的手心，她面對手心看了看，是水，不，是眼淚的水。丹妮湊近了，看見我的眼角流出了淚，而且還在不停地流著。這，是生命的悲傷還是驚喜，是真的還是假的？！丹妮一下子打開了燈，看到我的眼皮在微微地顫抖，分明是聽到了感情的呼喚，分明是領會了愛人的渴望，阿南沒有走，他，在回來的路上呢！丹妮立刻跑到醫生值班室，喊著，阿南醒了！真的醒了！我看見了！

醫生跟隨趕過來，眼前的情景讓人驚喜，我的臉部出現了微弱的表情。醫生要求丹妮加大與我的交流，講那些最熟悉和

最親近的事情，還要加強撫摸和肢體接觸，用感動喚醒血液與生命的生長。接著他們將安排下一步驟的計畫。

　　丹妮立刻通知了家人和朋友，夜已深了，又悄悄地把張遠叫到了醫院。面對自己的好朋友，張遠打開了中國母親寄來的家信，輕輕地對著阿南念到：

> 親愛的兒子，很久沒有寫信了，和媽的交流雖然可以通過電話或電腦，不過，有時還是想寫下來，寄給你，文字更能表達媽媽的感情，媽和你也是家裡最有文學情結的人，有很多事我們交流著很愉快。你是家裡最小的孩子，也是媽媽最疼愛的，以前工作忙對你關照得最少，現在總覺得彌補不完欠缺孩子的。好在你很努力，從來也沒有讓媽媽操過心，出國這些年熱愛生活，樂觀向上，知道滿足，內心宏大，這是媽媽最大的安慰……。

　　張遠念著，媽媽並不知道此刻發生了什麼。丹妮當然沒聽懂，她只看到身邊的男人眼角再次流出淚水，整個眼皮顫抖的厲害，趕緊不停地擦著眼淚，又緊緊地拉著阿南的手。張遠繼續讀著，他也讀得眼眶紅了，讀了兩遍。

　　（旁白語）：還記得那次到聖羅倫斯河踩水嗎？你說命運就是落入海中的一根樹枝，或許很快就淹沒在大海，終無身影，或許被一片小島擋住，落根入土成為島上的一片風景。其

實，你選擇的路就是這樣，你不知道，也沒人知道，走過了，可能是泥土，可能是一枝新芽，也可能是太陽……。

日記（十四）

那幾天的夜裡，住在美國芝加哥的姐姐，正在整理著父親留下的遺物和照片，她整理這些東西並沒有什麼特別的目的，只是安撫自己思念的心。離開老人已經三年了，父親在姐的眼裡不僅是偉大，也是世界上最愛她的人，這話沒錯，父親就是偏心眼，喜歡姐姐，這也沒有什麼。在父親離開這個世界的時候，姐姐一直陪伴著，也是最好的女兒。她看著那張照片，是我們第一次相約回國時拍的，父親和母親坐在中間，姐姐和我坐在兩邊，那時父親已經有些虛弱了，這也是我和父親留下的最後紀念。後來父親走了，走的時候我沒有回去，家裡的幾個孩子中，只有我不在身邊。

那時，我已經離開了學校，新移民生活和回國當大學教授，是完全不同的，現實很明確，過新移民的日子，掙錢活下去。在魁北克大學讀文科的碩士和博士們，比之理工科的學生，尋找工作幾乎是一件艱難的事，他們很困惑，像在發現「新大陸」一樣，探索著自己的出路。在加拿大，當時的韓國人，和部分來自香港、台灣的人，開始購買小食物雜貨店。韓國人善於種鮮花，他們買店後，讓店鋪多出了鮮花銷售的

特色，生意相當不錯。魁北克作為加拿大法語區，更多的商業
運作都比較寬鬆，在其他省份，雜貨店是不准出售酒類貨物
的，不過魁北克就可以在任何食品雜貨裡出售，這對於生意的
收入，是重要的優勢。類似的情況，還包括在酒吧裡擺放賭博
機，可以進行賭博活動，而不需要一定到賭場，這在其他省份
都受到嚴格限制。當時中國人並不多，雜貨店鋪也不很貴，很
容易做起來，生活就有了出路，留學生們「發現」了自己可能
做的事情和位置，必須抓住這些有利條件。他們互相借錢幫
助，推薦店鋪，紛紛開店做生意，當起了「生意人」和「小老
闆」，開啟了魁北克「中國人雜貨店」的新歷史。如今在當地
人的心中，雜貨店就意味著中國人生意的「領地」，雜貨店幾
乎象徵著「中國人」生意的選擇。當時，我是魁北克為數不
多的幾個最早開店的留學生，三萬加幣讓自己當上了「小老
闆」，所有的錢都來自留學生們相互支持借來的。我們成了當
時開店的第一批中國留學生創業者，是魁北克新移民開雜貨店
的「元老」。在今天的魁北克，沒想到幾十年後，雜貨店已經
成了「中國人」的代名詞，也是中國移民魁北克的重要「史
話」。

日記（十五）

創業與坎坷的生活，這是海外生活最漫長和最真實的挑

戰，在那一段時間裡，我曾經歷了最艱難的移民生活過程，包括憂鬱情緒的嚴重干擾，心理創傷的表現是對生活的毫無興趣，莫名的傷感，不樂意交流，甚至，獨自流淚和雙手顫抖。

記得在時隔很久和姐姐的一次電話中，我瘋狂的對著她大哭，好似一身委屈，無處傾訴，還莫名其妙地大罵。姐姐被驚呆了，她搞不懂為什麼弟弟這樣，為什麼如此悲傷，又如此衝動和急躁，到底發生了什麼，又為什麼這樣，她只能流淚，拚命地在想弟弟的委屈，想他一人遠行的艱難，她哪裡知道，這時，她面對著一個生病的人，而且需要好好搶救的病人。直到有一天，突然感覺死亡也是一種「追求」，而為此毫不在乎的時候，我才從書中讀到關於憂鬱症的特徵和嚴重性，自己已經病得不輕了。這個痛苦的經歷過程，後來還好結束了，這個過程，竟然沒有去見過醫生，也沒有吃過藥，連自己的家人父母都不曾知道，到底是什麼讓自己走過來的呢，現在無法解釋。我總覺得，在自我調整的過程中，或許與自己成長的「坎坷」有關，某種意義上講，這種「坎坷」加大了對苦難的承受力。母親曾經說我是一個有寬容心的人，外向和樂觀，有時我好奇地想，按照中國天秤座的說法，我也是最終要用勇氣，「平衡」自己苦難與幸福價值的人。至今我都沒有對姐姐說過那次對話，自己如此「無禮」「瘋狂」的原因，相信姐姐一生都不會忘記那次對話。自從那件事以後，姐姐每次對我說話都表現出十分的溫柔和耐心，儘管她不知道為什麼，但她理解，那肯

定是因為生活的緣故。

　　親愛的父親離開的時候，正好是我心裡最紊亂和艱難的時期，我還沒有拯救起自己的精神和理智。按理說父親離開，沒有去見他一面，什麼理由都很難說是合理的說詞，可他在病危的時候，卻答應了我的請求，父親難道知道我在憂鬱病症中纏磨著痛苦嗎？！至今留給我的都是遺憾。

　　那個夜裡，姐姐又讀到《父親》那本書，這是二零零四年我為父親寫的，是利用回國的機會，在家人和父親的回憶中，用自己的感受整理完成的。父親在我的生命中，是一個嚴肅而「神祕」的人，這個一九三七年就參加革命的人，與他孩子的交流似乎相隔千山萬水。我一直在崇敬和「害怕」的情感中和他生活，在家裡很少說話，工作的事從來不說，連母親也一無所知，就連他的飲食習慣也十分固執，在飯桌前，他看到的只是眼前的那盤菜，吃的也是那盤菜，在往前擺放的菜從來不會自動用筷去夾一下，如同沒有看見一樣。一直到他離休的晚年，離開了工作單位，我們也長大成人，我和父親的交流才真正達到了完全「平和」的狀態。寫這本書的時候，已經讀懂了並瞭解了很多他生命中最值得崇敬的事情，這本書不管怎麼樣，親愛的父親是當真的，他很關注，並不是書的價值怎麼樣，而是父親希望有這樣一本書，作為自己生命的結局。

　　一周之後姐姐知道了我的情況，她在電話裡留言，「……你要好好的治病和生活，爸爸在病中的時候還提起

你，你是家裡最能闖蕩的孩子，也是最堅強的孩子，對爸爸
也是用了很多心的孩子……」聽到這話，我只能流淚，不停
地哭泣，父親就這樣領了兒子的「情」。如果說，父親離開
時我沒有守在身邊，但那本《父親》的書，無論如何，都給
了他極大的安慰。

日記（十六）

　　天剛亮，丹妮一早就趕到了病房，接著江歌、張遠來了，
還有其他幾個朋友也來了。過去了兩天，第三天的開始，是一
個乾乾淨淨的天氣，雖然不是很藍，但很美，天空是淨色的，
白白的淨色。這是一個關鍵的日子，醫生說要拔掉我身上所有
應該拆除的管子，就在今天。

　　護士是最早來做衛生清理的，大家站在一旁看。整個床被
清理了，所有的那些留下的冰塊遮擋物取出了，整個人換上了
新的床位，護士把赤裸的身體做了全部的清理，細微認真，丹
妮說，你的工作真是專業，好感動啊！護士溫柔地笑了一下，
說，這是關鍵的時刻，我為他祈禱，祝福你們好運！江歌有些
激動，說，謝謝你，我不知道說什麼了，真的。張遠一聲不
吭，他看著眼前的一切。護士臨走時說，醫生馬上來處理了，
走到門口回過頭又重複說了一遍，馬上。護士一走，江歌就說
開了，這簡直是奇妙啊！在國內是不可思議的事情，他比劃著

兩隻手，憑什麼，到底憑什麼，沒有任何關係，也沒有得到任何好處，連個紅包禮物都沒有，這護士就這樣幹活，阿南不過一個貧困的移民者，一個求學的小知識分子，一個談不上對加拿大有什麼貢獻的百姓，可是，他受到這樣的關愛和幫助，真是太「震撼」了。江歌畢竟剛從國內出來，這兩年經濟發展了，加大了貧富距離，金錢至上在浮躁者人們的心，人與人的關係變得尖銳了，他可能最知道。

沒過多會兒，醫生來了。他又重複地問丹妮，這兩天好嗎，心情還不錯吧，感覺阿南好些嗎，接著又問在家裡有什麼祈禱的活動。丹妮說還好，確實是這樣，只能說還好吧。他認真地說，今天就按照原來的計畫要拔掉管子了，不能再插下去了。他看看了床上的我，再一次對著丹妮說，我們試一試，做最後的努力。丹妮沒說話，旁邊的所有人都沒說話，大家默默地離開急救室。

門外來的人越來越多了，儘管丹妮沒敢把事情告訴所有的朋友，但是相傳的很快，一些朋友紛紛趕來，這天或許是一個「特別」的日子，大家都在議論著，也都捏著一把汗。女兒勤和兒子趕來了，他們似乎現在才清晰地感覺到事態的嚴重性，勤問丹妮，需要做些什麼，姐弟倆已經請好假，做自己最後的努力。她悄悄地對丹妮說，還在中國的母親已經買好機票（離了婚的前妻），後天會趕回來，母親說了，所有的「後事」都要等她回來商議，她對這個前夫似乎懷有

深切的情意。歐文和赫貝爾也來了，他們像孩子一樣，一人
拿著一個小動物玩具，分別是一個小猴子和小熊貓，在加拿
大，給病人送上小玩具，是一種純淨，美好和祝福的象徵，
大家知道這含義是什麼，送給一個屬猴的中國人。這是一個
複雜情緒交融的時刻，悲歡與離合像是在重演，生命的期待
就是這樣。

　　醫生們完成了治療和檢查的全部工作，走出了門外，他們
沒有什麼特別的表情，也沒說什麼話，那個黑皮膚的海地醫生
輕輕地拍了一下丹妮的肩膀，還是沒有說話。值班護士小聲地
說，今天醫生都會留在這裡，全程觀察。

　　（旁白語）：不知道阿南此刻會有記憶嗎？這是加拿大蒙
特利爾的哪一年，哪個天和哪一個時刻，一個決定自己命運的
時間。

日記（十七）

　　幾天住院的消息，在我們魁北克作家協會也引起了關注，
我是協會的會長，大家不知道事情的結果如何，有的文友也趕
到醫院才知道，確實發生了大事。如果說，我出國生活中還有
什麼惦記的事，就該是寫作了，因為很熱愛它，出國後的生活
太新鮮，太不同，情不自禁的拿起筆，也是很自然的事情。一
九九八年十一月二十七日，我寫的第一部中篇小說《咖啡與女

人》，開始在當地的華人週報《路比華訊》（加拿大最大的華文週報）文學版《筆緣》連載。《路比華訊》是魁北克最早的華文週報，一九九零年代初時，還是一家私人華人服務公司，之後發展為綜合性報紙，一九九七年七月與加拿大魁北克華人作家協會，聯合創辦了《筆緣》文學版。那個時候，中文報的排版還保留著很多剪剪貼貼的手工製作，作為文學版的專業性特點，編輯部聘用我做了文學版編輯，這是沒有任何報酬的工作。每週三必須把本周要發表的稿件排版好，整個版面完整了，送到報社。這是一件細緻的工作，文章打好後，要一張張貼在一塊樣板紙上，刊頭圖案，題圖和字樣設計，都要做好。那時電腦沒有這些設計功能，我都是尋找一些出版的書，把人家設計的好圖案先印下來，然後再剪下貼在樣板紙上，當時國內的《讀者》雜誌，很多圖案都被我剪裁過，成了《筆緣》的刊頭圖。

那時，寫作《咖啡與女人》動機的背景跟現在完全不同，我們這些在中國剛開始改革開放出去的學生，整個思想還保留著自己文化傳統的道德觀，小說講了一個中國男人與兩個女人的情愛故事，一個中國女人和一個魁北克女人，在他的感情世界裡發生了什麼，經歷了怎樣的文化衝突。故事情節並不複雜，就是在咖啡吧裡的相遇與愛，當他和那個中國女人保持的「純潔」愛情，被一次與魁北克女人突如其來的性關係衝擊後，他的感情觀被澈底「攪渾」了，這男人把這場「性關係」

當成了感情，當真的用了心，那個時代的中國年輕人都這樣，他以為愛和有了性事，就該刻骨銘心了，把自己的真情交給一個根本沒有這種想法的女人身上，一次次性生活的夢囈，在自相情願的精神理念中成長著，可是，當有一天那女人在和幾個朋友喝酒之後，並遞給他一個安全套的時候，他懵了，她說的很簡單，這是為了你和其他人的安全，也是為了我們在一起的安全。原來，她並沒有愛他，他們只是很愉快而已，這就是文化的不同，社會的不同，在當時對於剛開始接觸西方生活的中國人來說，是一種強烈的文化和心理衝擊。寫這樣的故事，在今天看來已經不算什麼，不以為奇了，但在那個時候，就是遇見「離奇」。應該這樣說，一九八零年代中期開始到一九九零年上半期，跨入北美的中國學生，無論從心理，文化和物質上都在經歷著一場「睜眼看世界」的挑戰。

有一些留學生生活記錄的「片斷」，至今仍留在我的記憶中，說奇怪，是因為時代的原因；說「奇葩」，是因為社會與我們的腳步有著「時差」。這叫做人生「奇夢」，十年後「笑話」自己。讓我記錄一二：

故事一：一位移民後的留學生，沒有辦理妻子的移民，而是悄悄地以探親為名把她帶回國，收走了她可能出國探親的所有證件護照，自己悄悄地回到了加拿大，他要「甩掉」自己的愛人，只因為自己工作不順，家庭生活困難，也因為妻子漂亮，喜歡交際，朋友們喜歡，滿腹妒忌，那時出國的

留學生們像從籠子裡飛出的鳥，天空太大，沒有信仰，規矩和原則，什麼都會做。這事的沉重打擊，造成了最後家庭的決裂，女人雖然在朋友們的幫助下回到了加拿大，但是因為個人能力有限，整個個人生活澈底改變了，後來在城市一角做了按摩女。

故事二：一位可敬的父親，在有一天的記憶中突然出了問題，他加拿大出生的小兒子，遞給他一塊糖，要爸爸一定吃了，說是很甜。父親卻感覺不對了，他懷疑兒子到底要幹什麼，不會是下了毒藥吧！後來他在鏡子裡看到兒子拿著一隻塑膠搶對著鏡子，立刻躲開來，這又是幹什麼，一定是一次槍刺的陰謀，這是他親口對我說的，說的還那麼認真，他出國的生活走到了胡同的頂端，只剩下一個牆，無法面對生活，這生活太無情，如同「暗殺」，一片黑暗。因為他精神出了問題，已經無法承受現實，一個好好的人變成這樣。

這些，記錄著一九九零年代留學生的艱辛生活，是他們最簡短的生活故事片斷，移民和嚴酷的生活、國外現實對家庭內部結構的極大衝擊，他們的心理受到了前所未有的考驗，這裡的例子，一個孩子毫無懸念的真實交流，卻在父親的精神上被扭曲了，人走了崩潰的路上。那個時期這樣的「片斷」故事很多，我深切地體會到，文學為什麼成為了海外寫作的一道風景線，正是因為這些不一樣的奇遇和坎坷的生活，讓文學變得如此重要。

日記（十八）

中午，在醫院的小商店裡，丹妮買了一盆花，說不上叫什麼名字，就一朵圓圓的紅花，在小小的盆子裡佔據了大塊的地方，像一個美麗的臉盤，不貴，不到十塊錢，她說放在阿南的床前，大家都說這是好主意。朋友相約在醫院餐廳吃了一頓飯，隨後離開了醫院。

我正式轉入了心臟病科住院部，由心臟病醫生接手開始了新的治療，這意味著生命垂危的狀況已經結束。急救科醫生完成了他們的「使命」。

丹妮和我的兩個孩子來到病房。女兒勤說，感覺爸爸的臉色有了變化，不那麼青白了，確實是這樣。丹妮又開始撫摸著我的身子，輕輕地牽著手，對我說話，他們發現我的身子微微地在動，像是聽到了丹妮的聲音和感受到了接觸。沒過一會，兒子喊著，爸爸醒了，醒了，你們看。他們看見，我睜開了眼睛看了一眼，就閉上了，又重複出現了這種情況，眼神裡看不出任何表情。醫生趕來，也嘗試著說話，他們都感覺到了我的回應情緒，面部和身子都有小小的反應。按照醫生的要求，要不斷地嘗試說話和交流，多說那些我熟悉和感興趣的事，直至人可能醒來。

下午六點，護士在我胸前掛上了一個臨時的心臟起搏器（醫院專用的），這是預防意外事情的再度發生。

晚上，醫生做了檢查說，現在的整個心臟，血壓和呼吸狀態
等，都基本正常，只等待阿南自身的最後「努力」……時間。

（旁白語）：阿南生活中總是佩戴著一根含金的十字項
鍊，有人問過他，你信基督教嗎，他從來都沒有說信還是不
信，或許他根本就沒有搞懂。不過他說過，自己心裡有一個
「上帝」，相信生命會有回報，上帝會拯救每個人的生命價
值，只要你學會感恩世界。出國多年，幾乎過年過節他都會去
教堂，靜靜地坐一會，好好地說說自己的想法和期待，也感謝
自己曾經走過來的日子。阿南，你現在是在祈禱生命的復活，
還是祈求上帝重新給你一次新的生活？！

日記（十九）

這一夜，情況似乎有了很多的不同，丹妮時常感到我的身
子在動換，她守在身邊，一直沒有睡好。

早上天剛亮，護士進來檢查病房，摸了一下我的腦門，我
睜開了眼睛，睜得很大盯住了她，護士說，阿南，阿南，她嘗
試著和我說話。可是我沒理她，看了她一會又閉上了眼睛，後
來沒有再睜開。

十點，丹妮和女兒勤坐在我的床邊，他們正談論著關於
我的一些生活中的瑣碎小事，我突然翻了一下身子，又睜開了
眼，看了他們好半天，好像有些困惑，有些煩躁或生氣地樣

子，說出了一句話，你們怎麼會在這裡，說完就木呆著看著她們。女兒說，爸爸我們來看你，陪伴你呢！我又問，這裡是什麼地方，我怎麼會在這裡？丹妮說，阿南，這是醫院，你生病了，住在醫院裡。我沒有再問，到底發生了什麼，我可能也只是稀裡糊塗，根本還沒明白事情的來龍去脈。這段簡單的對話，是後來丹妮對我說的，事實上我根本沒有記憶，也一點不知道說了什麼。這確實很奇怪，這麼清楚地對話，至少說明思維是清晰的，為什麼一點記憶都沒有呢。

接著我又進入了睡眠當中。

醫生進來瞭解了情況，他很自信地說，阿南應該是「復活」了，真的活過來了，從他的說話可以大致確定，至少大腦的傷害，遠比我們想像的好多了，要求家人加強交流。急救室的醫生和護士都感慨起來，這真是「奇蹟」啊，從心跳消失到復活，幾經多次，從身體功能大減弱到艱難的恢復，也經受大考驗（初步的），整個過程可以說驚險、緊張甚至有幾分「殘酷」。醫生大大地喘了口氣說，他也是第一次經歷這種特別的驚喜，這樣的復活機遇，概率是不高的，他開著玩笑說，因為上帝不讓阿南走啊！丹妮問，是什麼原因讓這件事做得這麼好？醫生說，很難解釋得十分清晰，這裡的原因很多，從阿南的發病史來看，他之前身體不錯，重要的是他的心臟沒有毛病，家庭也沒有心臟病史，這可能是一個重要的因素，當然，及時地處理和藥物的充分估量都是重要的。根據通常的醫療經

驗，這種病況一般在兩天內沒有結果，之後的情況就等於結束了，阿南拖延了時間，打破了常規，經歷了巨大的風險，結果是成功的，一個護士對丹妮開玩笑說，還要謝謝你呢，是你堅持請求不拔那些管子，阿南病狀可能正好適合了這種情況。

日記（二十）

　　住進醫院的第五天，下午四點。在我記憶中，這是猝死發生後，第一次真正有記憶的時刻。

　　清楚地記得，有人叫了我一聲，於是睜開了眼睛，好像是剛剛睡醒。發現自己住躺在病房裡，隔壁還有兩個病人，坐在床邊的是朋友江歌。我盯著他看，腦子裡仍像是空白一樣，茫然的一片。他問我，我是江歌，知道嗎？我點了一下頭。他說，你知道你病了嗎？我說，是嗎？為什麼？他說，是發生了猝死，在醫院幾天了。我說，是嗎？不知道啊！他說，這幾天發生了什麼，你沒有印象嗎？一點記憶都沒有？我說，不知道。他說，難道什麼也沒見到，一片空白嗎？我說，真的不知道。江歌看我麻木的樣子就笑了，開始對我開著玩笑說，沒能見到上帝，地獄的那些墳地總會遇見了吧！我說，沒有呀。他的話讓我頓時感到清醒了很多，我使勁地想了想，的確是這樣，怎麼就什麼也沒有見到呢，真的，我重複了一句，什麼也沒有見到。江歌開始解釋說，醫生讓你吃了睡覺的藥，你可能

睡的很死，腦袋也處於「休眠」狀態吧！接著，他又問我，你還記得最近一段時間你做了一些什麼事嗎？比如，一個星期以前或者更長時間，關於你的工作，還有做了一些其他的事情。聽他這麼一說，我倒覺得腦子裡是一團迷惑了，根本沒有頭緒，感覺身邊的事情似乎很遙遠，想不起來，沒有印象了。以前的事反而似乎離的很近，還能說出個二三，真是奇怪。後來，我曾經試著回憶起當時醒來時的整個感覺，發現在當時的記憶中，實際上只留下了一個個「斷層」，比如，莫名其妙地醒了，才知道自己住在醫院，發生了一場病災，就這麼一點事，之前的整個搶救過程，做的所有事情都是零記憶，好像是睡了幾天覺才醒來，就這麼簡單，簡單的「可笑」。

從這一天起，我的住院病人的生活「正式」開始了，可以面對醫生和護士的交流，面對自己的病況提出問題，自己料理身邊的生活，也對在病房發生的事情有了記憶，終於成了一個正常的病人。

日記（二十一）

這麼幾天，對於丹妮來說，承受著前所未有的巨大壓力，她很堅強，這到底因為什麼，自己也說不好，她說這是無法回避的，上帝給了一個「難題」，必須面對，事情一發生，就很快從恐懼中站了起來，這就是她的人格。我和這位南美女人的

感情是其妙的，緣份深厚，在我們之間很少用「愛情」這樣的字眼形容美好，但是我們在一起就很幸福。

在中國人的眼裡，一般認為加拿大是一個實際的國家，或者說保護自我是生存的重要前提，這話不錯。這裡的人一般不輕易談論愛情，愛情是什麼，是一種嚴肅的責任，寬容和堅守，要做到不容易，努力按照這些原則做好，這就是愛。不過這幾年我們中國人，對愛情已經不很信任了，有錢了不願意堅守，沒錢時，愛就沒有了動力，無話可說，所以，愛情被走遠了，不要相信愛情。

丹妮出國前並沒有受過高等教育（南美移民加拿大的大多是這種情況），最多的只是職業教育，是一個護士。當我們第一次相識的時候，我已經在國外生活多年了，她出國不過兩年。過去在我的印象中，中國移民在海外尋求生活的方式，似乎可以劃為兩個部分，一是留學生或有良好教育的人，他們找到了專業技術工作；二是因為新環境和語言障礙等原因，大多從事餐館（絕大部分）、小買賣生意或出門打工，我一直比較自信地認為，中國人比之其他國家的人，更能吃苦，有更多和更強的生活能力。出國後，當接觸到不少南美地區的移民時，發現他們有很多相比中國移民的劣勢，比如，在接受高等和職業教育方面，基本無法相比；開設餐館根本不是優勢；說到自身具備的經濟能力也是相對疲弱的。可是實際接觸後才發現，事實上的南美移民，相比中國移民，他們並不比中國人差，生

存能力很強，獲得的職業更寬闊，更有社會性，甚至相對更輕鬆（總體説來），這是讓我吃驚的。他們移民後更容易接觸本土社會，因為語言差異不大，迅速進入高等和職業教育。在加拿大，他們接受中等專業技術教育的很多，在護士護理、汽車修理、房屋裝修、城市街道維修、冰凍設備安裝等等，尤其居多，遠比中國移民強勢，一些低文化的職業，比如酒店服務、公司保安、城市衛生等工作，也常常成為他們的選擇。説實話，中國人幹的是很累的活，餐館和小店用盡體力和精神的長時間消耗，獲取的收入是十分艱辛的。還因為南美人文化的開放，極容易融入主流，在生活方式上更北美化，他們的生活方式更加簡單、純粹，也接近現實，更多的容易觸摸到工作的新機會。丹妮的加拿大生活經歷，同樣讓人「驚奇」。

日記（二十二）

出國後沒多久，丹妮就進入了法語學校（為魁北克移民部專門辦的）。在北美，只有魁北克省一個地方講法語，也是加拿大法蘭西文化的唯一駐守地，加拿大國家為了保持這一特別的文化歷史地域，對魁北克法語移民教育十分重視。事實上，在很多移民心裡，特別是中國移民對法語的學習是有「牴觸」情緒的，因為語種差異太大，在國內不是普及的第二種語言，感到十分困難，面臨生活交流，尋找工作等方面的問題。

為此，很多移民到了魁北克以後紛紛離開，進入英語區的多倫多和溫哥華（這也是魁北克中國移民相對較少的原因）。丹妮沒有耽誤自己，很快就可以用法語交流了，如果現在相比較，她的法語遠比我好，慚愧也無奈。開始的生活都要打零工，她很聰明，沒有托人介紹或走彎路，而是直接進了地方工作職業介紹所，那時，我曾經跟她去過。說實話，我出國多年，那些打工的日子從來沒有想到過尋找這樣的專業部門，也根本就不知道，而是按照中國人的習慣，相互交流，透露消息，大家說明，在自己的圈子裡「混」（這是文化中的傳統習慣）。在工作職業介紹所，任何人都可以得到這樣一些資訊：「我們能提供什麼工作；那些工作比較適合你個人的情況；你想選擇的可能性；獲得的工酬和他們要抽取的費用。」不過，他們能提供的工作也都是相對簡單的，體力的和一些一般性工廠的活兒，加上抽取的推薦費用，工資也是接近最基本的水準。

　　丹妮的加拿大「創業」起步就是在那裡開始的，她工作用心實幹，擅於學習和接受新事物。我沒有想到，她竟然選擇到一家塗料公司工作，塗料可以運用於各種工業產品中，所有的零件都可能面對塗染的裝飾，在魁北克企業很多，機會也多。丹妮從簡單的操作工，慢慢學會了塗料色彩的調配和計算，不同色彩塗料的開發處理，又經過接受技術培訓課程和實踐，變成一名新塗料開發技術的骨幹，後來，脫離了「職業介紹所」的關係，找到了適合自己的工作，最後如魚得水，有了一份十

分滿意的工作，越做越好。

　　丹妮和我的相處，是情不自禁的事情，相互之間非常尊重，生活中如果你有什麼想法，或想做什麼事，都會得到自由選擇，只要不傷害雙方的感情，商量只是代表個人的意見。從我們相識以來，她沒有問過我的收入，從來沒有，到現在她也無法準確說出多少；沒有和我要過一次錢，從來沒有；沒有索求過任何禮物，從來沒有，我們都是自己決定的。時間長了，當然知道一些收入方面的情況，倒是有時問過這樣的話，你手裡有錢嗎？這可能也是北美人的生活習慣，我們相處得很獨立，不存在經濟上的糾葛，即使住房的費用也是沒有協議的共同分擔，多點少點，都不是我們之間的問題。這些在我們的感情世界裡，沒有分量，在一起生活當然不存在吃大虧的事情。我們的工作都是自己的責任，是嚴肅的事情，會認真對待。愛對於我們來說太純粹了，如果說是「精神主義」的（儘管現在的人們可能不太相信），倒是真的，因為有愛，困難就能克服，這些年都這樣，從認識就生活在一起，一過就十多年了，沒有吵過一次架，捨不得吵。

日記（二十三）

　　對於我來說，突然「醒來」，從整個心理和精神上並沒有進入「狀態」，沒有那種沉重感，之前發生的那些可怕的事情

和過程，只是留在丹妮和朋友們的心中。丹妮坐在我身邊，盯著這個讓她難以置信的男人，笑臉上留著淚，而我看著她卻笑出了聲。我說，親愛的，我覺得自己什麼也沒發生，就當病了一場。她說，嗯，你就是病了一場。我說，還會待多久才能回家，想念家裡的那個床了。她就笑，你就好好的住在這裡，感受一下加拿大的醫院和福利吧！我說，謝謝你了，你真好。她說，你才好，要不我天天守著你，說完就笑了。

護士又來了，說要給我做最後一次個人衛生，還開玩笑說，以後要學著自己洗澡，不是小孩子了。她這麼一說，我臉都紅了，一直都是她負責我的個人衛生，現在清醒過來，好像有點害羞。於是我說，能讓我自己做嗎？護士說，你自己能做嗎？真有這個想法。丹妮就笑，笑完了對護士說，就是擦洗身子吧！護士嗯了一聲。丹妮說，讓我來給他做吧！放過他一次。護士也笑了，說，好吧，就這樣。

中午過後，張遠來了。那段時間他正準備回國的事情，海歸的人越來越多，因為國內一家公司錄用了他，月薪近三萬人民幣，他有能力，也是一次好機會，在國外工作的時間也不短了，換了幾個地方，張遠感覺自己工作的今天，就是自己未來的永遠，不是沒有前途，而是前途就是眼下，有時想想有些不甘心，其實，在國外生活的移民們，這就是很實際的現實，或許當地人也不過如此。不過我們的國家發展了，變化很大，多了很多新的和奇妙的機會，何嘗不去闖一下呢？！

張遠回國也就為這個。他和我是很好的朋友，我們都是生活在國外多年，說話也很隨意。他見到我就說，阿南，我都以為你活不過來了，你知道嗎，你的整個身子浮腫，臉色發青嚇死人了，他用一種「神奇」的眼光盯著我，說，真不可設想曾經發生的一切。我說，謝謝你，我知道你幾乎天天來看我，丹妮對我說了。他說，應該的，我不是馬上要走了嗎！我說，你要走去哪裡？他說，我要回國了，有單位聘用，對你說過，你忘了。我說，是嗎？不知道，好像沒對我說過。張遠遲疑地看著我，問到，你記得最近兩三周做了些什麼嗎？舉個例子。他這麼一問，我傻了，想了半天沒說出話來。張遠想起包裡帶來的本地華文報，因為有關於我們協會活動的報導，他專門帶給我的，我一讀更懵住了，報導裡記錄著協會活動的內容，還有我的發言，上帝啊，我根本就沒有一點印象，是零印象。我吃驚說，這件事我不知道，根本不知道怎麼回事。張遠說，這個活動是你本人親自主持的，你都不知道了，你還記得其他的事嗎？我一下子像明白了什麼，喊著，完了，完了，全部忘了。張遠說，不是忘了，是你的猝死傷害了大腦，你可能丟失了某些記憶。可不是嗎，近期發生的事，我一點也記不起來了。張遠說，還記得以前的事嗎？像那些在中國的事，剛出國的事……，我說記得，在中國以前的事，出國後發生的一些事，還記得。

這段與張遠的對話，讓我在病房裡第一次意識到自己大腦

的問題，在之後的幾周裡，發現自己真的變成了另外一個人，記性異常的差，說完的事馬上忘了，昨天的事可能一點也想不起來，一片空白，過了幾天後又回憶起來了。晚上我問丹妮，你覺得我現在的病況嚴重嗎？比如大腦，身體方面還要做些什麼治療。她說，一切都會好的，就是時間問題，恢復的問題。站在衛生間的鏡子前，進醫院後第一次認真地盯住自己看著，這是一個多麼憔悴的臉，瘦得厲害，無光的神態，我看見鏡子裡的那雙眼睛，流出了眼淚，聽到了自己抽泣的聲音。

日記（二十四）

離開急救室進入病房後，醫院立刻進行了全面會診，確定了下一步的治療方案，醫生對丹妮做了「會診交流」，第一件事，是要儘快轉住專門的病房。

住院的第八天，我被安排住進單人病房。這是一個特別的病房，除了有單獨的浴室、電視、會客沙發、寫字牆板等以外，牆上還掛著各種醫療的設備。這個房間，是為心臟有不「穩定」波動病人提供的「專業」治療屋。簡單的說，因為心臟的問題造成猝死，儘管病人得救了，作為醫院必須保障病人不再發生突發情況，在無法確證給病人是否提供諸如起搏器一類安全器之前，這樣的治療室可以確保病人的安全。說實話，這樣的治療室如同住進了酒店，對於一個「貧困」的移民來

説，多少有點驚恐，我迫不及待地問護士，如果是一個外國人入住，一晚的費用大概是多少？她説，大概也要一千加幣以上，那是肯定的。上帝啊！我頓時覺得自己好「豪華」，真沒想到自己的治療待遇如此好，沒有出一分錢，卻獲得那麼多的關愛和幫助，在這裡得到了百分之百的安全治療。

　　屋裡有一塊專門提供留言寫字的牆板，護士對我解釋説，平時心情好的時候，可以在上面畫畫寫寫，幫助你恢復記憶，把每天要做的事情寫下來，也可能避免會忘記的。我盯著空白的牆板看了半天，心裡很是衝動，不知道為什麼，很想寫幾個字。眼前的一切都是奇妙的，無論是死亡，復活，痛苦或幸福，從我生命進入這個世界，就承載著母親開朗，陽光和知足的情感「細胞」，「遺傳」的是豪放的快樂，我絕不會走死胡同，不會選擇悲傷，不會為眼前的疾病沉默。那一刻，我只想到了三個字「我很好！」，真的，就這三個字，我拿起筆，把這三個字大大地寫在牆板上，幾乎佔據了板面的一半，在旁邊畫了一顆心，就像在微笑的臉。我一屁股坐在床上，那三個字在慢慢放大，我笑了，眼眶被濕潤了，模糊成一片。

日記（二十五）

　　下午，美國的姐姐打電話來，她沒有詢問具體的病況，丹妮已經告訴她了，只是在安慰著，重複那句話：「一個人在外

面，要學會關愛自己，照顧好自己。」，通過電腦，她發來了母親的一封信，告訴我家裡人都特別牽掛，深深地想念和祝福我。我讀著母親的信：

> 「親愛的孩子，你發生的所有事都知道了。媽媽覺得欠愧你很多，出國匆匆就那麼多年了，這些年一人在外，一定受了很多苦……。小時候因為有姥姥在家，媽媽很忙，照顧的不多，交流就更少。那時你在家裡什麼都做，媽媽還記得，操辦姐姐哥哥結婚吃飯，家裡那次大搬家，還有平時家裡的事，都是你具體『策劃』的，做的最多。關於你讀書出國，爸爸媽媽根本沒操過心，現在都想不起來具體是怎麼回事，後來又是怎麼出國的……。媽媽心裡欠了對你的關愛啊！現在生病了，一定要堅強，要聽醫生的話，樂觀，認真面對，媽媽相信你，因為你是一個好孩子，堅強的孩子，媽媽想念你，期待你一天天好起來-----。你的媽媽」

天下的母親都這樣，他們一輩子都在「欠」著孩子。在家裡，我是最小的。在我的中學時代，經歷過父母到「五七」幹校，自己做知識青年的過程。那時父親是廳級幹部，因為當時緬甸駐雲南總領館撤回，那棟洋樓就成了我們的家。高高的大牆把樓房與外面隔開了，院子很大，還有一個籃球場，一家

人住在裡面，也是很豪華。不過我年紀小，並不太懂得那些家庭的優越性，其中有一個最大的「背景」原因，就是姥姥的教育。姥姥是舊社會裏著小腳的農村良家婦女，因為父親幹革命從河北南下，又開始社會主義建設，她也隨從到了雲南，家裡的四個孩子就由她管教。姥姥長得清秀乾淨，眉骨清晰，一個大字不識，但非常聰明，做事伶俐。她是農村過來的人，種地幹活為本，是她的天意。在家的院子裡，有大塊的空地，她就把種菜勞動作為我們幾個子女教育的「戰場」。每天放學回家，我都毫無選擇地被她拉到地裡鏟草澆菜，用化糞池的肥料給土地上肥，把活幹完了才能出去玩。少年時代的心靈裡，這個姥姥所施加幹活的壓力是巨大的，有時偷懶少澆了水，還會被她「痛罵」，拍打腦袋。現在想想，拍打腦袋是多麼不可思議的事情，多麼愚蠢，可能嚴重損傷大腦，可在那時，姥姥就是這樣教訓孩子的，似乎並不在乎這一切，在她心目中沒有嬌慣孩子這一說。誰都沒想到，在這樣優越的家庭裡，姥姥的嚴教成了我成長的關鍵一步，對我的後來人生變化產生了很大影響。在身邊的高幹子弟中，我成了能吃苦，沒有什麼優越感的「另類」高幹子弟。

　　有一段時間，母親和全家都被趕到鄉下勞動改造，家裡只有父親由我陪伴，那時我不過是一個小學四年級的學生，不過已經承擔了家裡的所有家務。父親是個非常嚴肅的人，從來沒有和我們開過玩笑，從小很少和他說話，我對他甚至有些害

怕。那時他在單位上是被批判的人，承受著巨大的壓力。每天
從單位到回家，沉默寡言，在他身上到底發生了什麼事，我不
得而知，也不完全明白，我的任務就是放學回家，做飯幹家務
事。父親是北方人，我那時已經學會做幾乎所有的麵食，諸如
餃子，擀麵條，做疙瘩湯，烙餅等等，每天都試圖換著樣為父
親做飯。畢竟年紀輕，記得有一次洗了棉被面，在縫定時把被
子和床單縫到了一起，晚上父親睡覺無法打開鑽進被子，也出
了大玩笑。這件事我一直記得，這事似乎記錄著我早期成長的
「範例」，那時的我是一個勇敢，能吃苦的孩子。

日記（二十六）

由於猝死對心臟的影響，導致我失去了一些記憶，這是一
個複雜的檢測治療過程。很快就開始與心理醫生和大腦康復方
面的醫生見面，在我的一生中還是第一次經歷這樣的西方模式
的治療。

醫生約我見面，不是詢問身體病情如何，倒是像在給「孩
子」上課。坐下來後，桌上擺著一堆書，這些書像是幼兒園
裡的課本和讀物。醫生說，只要按照她的要求回答問題就行。
首先，給我下了一個命題，她告訴我五樣東西，分別是：松
鼠，太陽，蘋果，花園和草地，她要求我記住它，並說，可
能在之後的問題中會問到。隨後，她從這堆書中翻出了其中一

本，打開以後裡面是一個沒有時針和秒針的鐘圖。醫生要我在鐘裡畫出一個時針和一個秒針，並指出十點過八分的時針和分針的指向。這分明是一道小學二三年級學生的作業。說實話，我覺得自己的腦子還沒有遲鈍到這樣的地步，很快就畫出了時間表。醫生看看我表示滿意。接著，她又問我十二點整的時針和分針指向該是怎樣的。我想了一想，突然覺得畫不出來了，腦子裡成了空白，這是怎麼回事呢？醫生見我沒有主意，就解釋了一番。當然這道題我還是把它做出來了，在醫生的幫助下完成的。接著，醫生讓我看了一本小書裡的十樣物品，然後把書合起來，問我是哪十樣物品，看我是否可以記憶起來。我沒有能一下子回答出來，經過了兩次翻書提醒，才回答完整。對我的測試快完的時候，醫生又突然問我，剛進門時告訴你的五樣東西是什麼，還記得嗎？對呀，醫生剛才告訴了我五樣東西是什麼呢。我吞吞吐吐始終沒有答全。醫生還問起數字概念方面的問題，要我試著從一數到二十，再從二十倒數回來，這個問題讓我感到十分困難，從前數到後還可以，但是從後數回來，始終沒有完整數下來。這些測試對於醫生來說，可以紀錄我大腦病況的程度和特徵，對我的測試結果，醫生說基本還可以，畢竟是剛開始恢復。我曾經嘗試地解釋，相信自己的大腦思維正常，不過醫生不這麼認為，一切都必須通過治療測試才能算數。

在病房裡，我的治療變得有些「奇怪」，心理治療的醫

生幾乎每天都到病房裡來探訪，她從不訊問病況，總是問一些生活的瑣碎事情：她問，今天幾點起床。我說，好像七點左右。她問，記得具體時間嗎？七點還是七點半。我說，記不得了。她問，早餐吃的什麼麥片，有草莓在裡面嗎？我說，有的，感到有點甜。她問，昨夜做夢了吧，還記得嗎？我想了一陣子說，好像做了，忘了。那天，她說要測試一下我個人洗澡情況，我說，你要看我洗澡啊？她嗯了一聲，笑了起來。上帝啊！洗澡這事還要「測試」嗎？我趕快解釋，在丹妮的幫助下已經洗過澡了，自己做這事沒問題，不管怎麼說，我覺得挺害羞的。不過這就是治療的項目，要確認病人獨立調控身體平衡和操作行動情況，沒有選擇，我只能硬著頭皮，跟她到了指定的洗澡間，從脫衣服到洗澡，再到把衣服穿起來，走了一個過場，還算好一切正常，通過了「洗澡檢查」。

日記（二十七）

在醫院裡感受飲食，也是瞭解西方醫療營養的難得機會。

簡單地說，一般早餐，主食是麵包和粗食麥片，另外就是牛奶、果汁和咖啡；午餐和晚餐大致相同，每天都有變化，主餐少不了牛肉、雞肉和豬肉搭配的米飯，義大利麵和土豆泥，咖啡是一日三餐都有的，每頓餐都有兩個選擇，一般在下午四點和晚上八點都會有一些果汁送到房間。北美醫

院的配菜，和中餐差別很大，我對吃病號飯的最大感受是，味淡，量少和單調。病人配飯非常清淡，而我吃的飯基本上沒有鹹味，心臟病人的飲食就是這樣要求的。剛開始真不習慣，可能是病人吃的少，給的也很少，我有時吃完就餓了，這話不假；我說的單調，也許是對中國人而言，儘管他們也想著法的換花樣，可在我看來還是那麼幾樣，沒什麼可吃的。不過，這種飲食對健康確實不錯，整個搭配顯然是精心調製的，牛奶、水果、肉類、青菜、土豆、果汁和咖啡等，保證了足夠的熱量和身體的需要。隨著住院時間推移，我感覺越來越喜歡這樣的飲食，可以說，自從住院以後，我的整個飲食都變了，而且從此改變了我生活飲食的全部習慣，那些辣食，鹹食和醃食，幾乎都不沾了。在飲食理念上也發生了變化，似乎味道變得不再重要，更加關注健康飲食，喜歡食物的新鮮，自然純味，簡單的配料，以前那種對食物味道的強烈要求，澈底的降低了。

　　飲食在中國人的心目中，其實存在著很大的誤區。在一般中國人心目中，中國飲食是世界最好的，現在還有「舌尖上的中國」一說，中國人以「味」為標，而且一味地追求濃厚。事實上，在國外真正瞭解西方飲食後發現，中國菜最多只是味道濃郁，具有小吃風格，整個菜系更偏重於「農菜特點」，很難說上得了大雅。飲食在健康、品味、風格、感官等整體方面，是缺失的，需要在高層次上提高製作水準。在加拿大，最好的

菜色中，中餐幾乎榜上無名，在蒙特利爾有幾十家中國餐館，每年評選打分都是沒有名次的。我喜歡北美的飲食，在味道、色彩、營養、調製，擺放等方面，都是絕對優秀。

日記（二十八）

　　這天江歌來醫院看我，他這次辦出國的事我還記得，這已經折騰了好久了。他和我談起我們在大學同一宿舍生活的那些經歷，我基本也能想起來。一直以來，我多少有一些困惑，中國真的大發展了，怎麼他會決定出國，難道僅僅是為了孩子嗎？孩子獨自出來也是可以的。他回國那幾年，做了學校的業務骨幹和領導，很有前途，而且在經濟收入方面大大地跨步，也是有錢人了。我們這些留下的學生，學理工醫學的，多半就是有一個工作，買一個房子，日子過得清貧，也不可能有什麼錢；學文科的更慘，大多都做起了小生意，養家糊口，雖然生活沒問題，也是千辛萬苦。我開玩笑說，江歌，其實還是你「英明」，當年選擇回國，地位錢財雙獲利，現在出國正好為兒子安排，一點也不晚啊！江歌歎了一口氣，說，現在出來畢竟年紀大了一點，也不知道幹什麼，身上那點人民幣在加拿大也折騰不起，還要好好計畫才行，唯一的是孩子有了一個安排。我說，到了這裡準備幹點什麼，找工作還是自己做。他說，還沒有最後確定，不過我這

個年紀再回到大學裡找份工作，也是有困難的，真不自信，自己做點事的可能性大一點。我說，像我一樣，做電動車進出口生意，或開一家小店，就把日子當作披星戴月吧！說完我就笑了，他也笑了。江歌知道國外朋友們的生活不容易，對於生活在國內的人，也有自己的苦衷。他說，我也很矛盾，實際上自己對國外的生活還是有幾分懷念，這些年的工作很累，人事關係複雜，生活也不很開心，又找不到解決的辦法，就產生了換個環境的想法，人生說不好，但願回到加拿大的生活能有個新起點，走出自己。

我很理解江歌，海外的朋友對自己的生活已經不用理解了，在國外什麼都可以做，找到出路，生活過得去就很好。這幾年看到一些大學同學都白髮叢生了，多少有幾分驚訝感歎。覺得自己做的還可以，心態算是最好的，不至於心理和精神壓力那麼大，也非常心滿意足了。江歌鼓勵我好好養病，要靜下心來。說到這，我倒是很感動，或許死過一次的人會從「地獄」中獲得忘年的真諦，人生到底還要什麼，活著就好，因為在生命的歷程中，很少有人會與「死」直接相撞，沒有想過，更沒有意識到它的如此無情。在醫院的這些天，我多少開始意識到自己後生的價值，猝死的發生，一定與我的生活有關，與生活的壓力態度有關，與過份操勞緊張有關，與欲望和情緒偏離有關，與如何正確面對自己有關。從現在到將來，要重新開始「自己」，活出另一種人生的樣子。

日記（二十九）

在住院的日子裡，感覺自己的身體狀況一天天好起來，我經歷了過去從未經歷的各種檢查治療，例如心臟的「切片」（對心臟各部位）這樣耗時耗力的檢查，在三個小時裡，享受了最好醫療器具的全面覆蓋測試（一天最多可以做兩個病人）。在醫院裡，我接受了在身體裡安放起搏器的手術。說實話，我個人對身體的感覺是自信的，朋友們對醫院決定安放起搏器也有一些質疑，畢竟我還算年輕，大家的印象中，一般都是上了年紀的人才這樣做。醫生解釋說，我的病因來自突發血液堵塞，和一般的血稠造成的不適是不一樣的，為了確保身體的安全，必須這樣做，否則，萬一出了事故，醫院將會面臨責任。事實上，安上起搏器對身體不會有什麼影響，更何況加拿大的起搏器品質一流，可以放心。後來我得知，國內有的病人還專門到加拿大做這樣的手術（不大的手術），就是為獲取高品質的起搏器（國內安放起搏器很昂貴）。手術做完後，我在醫院的主要治療工作基本完成，醫院還向我免費提供了一部起搏器檢測器，每一到兩個月在家裡檢測一次，就像電話通話一樣自動輸入管理系統，醫院立刻知道我的身體和起搏器工作情況，然後醫院會郵寄檢測通知書，並根據情況定期約見醫生。在醫院裡，凡是需要醫療處理的，我都自然獲得機會，一樣不少，分文不出。在醫院的日子裡，我就那麼情不自禁的享受著

一個病人的「待遇」，這種「待遇」的獲得就那麼容易，那麼
簡單，那麼舒適和溫柔地感動著我。我以為，儘管身體還需要
恢復，但是一切都只是恢復，感覺已經很好，可以回家了，但
是沒想到的是，我的治療才走完一半，醫生通知我，還需轉入
康復醫院繼續治療。

　　坐在床上，丹妮站在一邊，她盯著我看。我說，怎麼了？
她說，我看你是寵兒。我說，什麼意思？她說，你還有得治
療，好好聽醫生的吧！我說，到底還要治療什麼？她說，我也
不知道。於是我們倆都笑了。過了一會，我說，如果在中國，
肯定出院了，已經是一個好好的人，還有什麼病。丹妮說，如
果你的猝死發生在古巴，可能早就走了。這話不錯，我一下子
熱淚湧出眼眶，站了起來，走到那個牆板前，我用筆寫下了幾
個字：「哦，加拿大，感謝你！」。丹妮緊緊地抱住我說，親
愛的，我們真幸運，好幸福。

　　這天我們倆商議要做一件事，買上一束花，我要去見曾
經救了我的那位醫生，還有那些護士們，我想說：「謝謝你
們」。

日記（三十）

　　這是我即將轉院的最後日子。丹妮買了一大束花，她說
是自己精心挑選的，花色主題是鮮豔和陽光，確實不很像我

們中國人喜歡的那種大彩色調。我們決定不和醫生約會了，醫院大家都很忙，直接去急救科門診，也是給醫生和護士們一個驚喜，拍上一張照片，這是一生難忘的紀念。說實話，此刻我心在蹦蹦直跳，很激動，好像失去的主意，我問丹妮，該怎樣感謝他們，說什麼啊？！丹妮看看我，說，你就隨心說吧！我說，要不換一下衣服。丹妮說，不用換了，就這樣最好，她用毛巾給我擦了一下臉，笑了起來。我說，你笑什麼？丹妮說，理解你將見到恩人的心情，你是個好人。病人就是病人，一直到此時，我才意識到，從住院到現在竟然「沒見過」救我生命的醫生，甚至連一個印象都沒有，離開急救室時，是護士具體安排的。讓我納悶的是，怎麼醫生就沒再出現過，我問丹妮這件事，她說那個黑人醫生是急救科的，只負責急救室的工作。噢，是這樣嗎，他的職業多麼崇高啊！不知道他救活了多少人，卻沒留下任何紀念，這些人後來都不知道他，我就是其中一個。想到這個，一種強烈的內疚感湧上心頭，我急於一定要見他，並當著他的面說，你是我最感激和敬佩的人。

我們選擇了吃午飯前的時間，這樣急救科這個時段的工作相對輕鬆一點。走進急救科門房，我成了最陌生的人，對曾經在這裡發生的一切毫無印象，所有的醫生和護士都不認識，而眼前所有的人幾乎都還記得我。丹妮說，我帶著阿南來看大家，他現在很好，馬上要出院了，他說過來看看，謝謝大家，

謝謝給了他生命的醫生和護士們。屋裡所有的人都走了過來，有護士說，這是阿南嗎，記得他，在這裡時好多朋友來看他。另外一個醫生說，真是幸運，經歷了很艱難的搶救，要祝賀啊！大家都在說話，說我恢復的讓人吃驚，有的說，差點認不出來了。我站著，捧著花，聽著他們這樣說著，眼淚大滴的落下，我不知道該說什麼，該做什麼，鮮花就在胸前怒放著，像我的心一樣在幸福的開放著。丹妮說，阿南，你想說點什麼，說啊！這時我才突然反應過來，我說，我來謝謝你們，謝謝，謝謝了，接著大哭起來。醫生護士們都過來擁抱，一位醫生大聲地說，阿南，我們要謝謝你，你的生命得救了，我們多高興，對我們來說是多大的鼓舞啊！這時我才想起把花遞過去，一位護士接了過去，放到了屋子正面的桌子上。此刻，我聽到大家都在議論我，讚揚我現在的狀態，紛紛說太棒了。

　　我小聲地問丹妮，負責我的醫生是哪位，真的不知道是誰啊？丹妮看了看周圍，問到，負責阿南的那位醫生在嗎？一位醫生說，真不巧，他今天休息，沒有上班。聽這麼一說，我的心一下子涼了一半，多想見他啊，怎麼不在呢。人的生命中，有的人出現時是張揚豪氣，可以叫他們「明星」；可有的人出現時，卻默默無語，又悄悄地消失在人群中，我遇到了這位醫生，就是這樣的人，在加拿大的人群中有很多這樣的人，他們不太懂得記錄自己的公德，只知道這是生活中那些事的一部分，而把這種公德當作該做的事，或自己可以做的事，甚至是

平常的事。

離開急救科，丹妮問我，感覺如何。我說很感動。是啊，見到他們還會有什麼話可說呢，我只剩下說三個字「謝謝了。」

日記（三十一）

轉院的那天，張遠來和我「告別」，他買好了機票，馬上回國了。在病房裡，我的兩個最好的朋友，一個要「海歸」，一個要「回來」，因為不同的生活經歷，做了相反不同的選擇，《圍城》那部小說曾形象地解釋這種現象，裡面的人看著外面，而外面的人卻想進到裡面，不知道羨慕什麼和渴望什麼，世界變化很大，特別是中國。我問張遠，你還會回來嗎？他說，真說不好，如果國內情況好，肯定不會回來了。我說，難道不想念魁北克。他說，這些年在加拿大的生活，多少有些失望。一個人的生活，沒有家庭，也找不到愛人；掙的錢幾乎接近一半都交稅了；日子過得單單調調，雖說也習慣了，還是算孤獨吧！現在國內整個發展情況有利於「海歸」，是個大好時機；再說現在身體也不是太好，回去有父母家人，對身體也會好一些。張遠說得不錯，有足夠的理由，他比我小十多歲，在國內時都是父母照顧，什麼「吃苦」的事沒有經歷過，也比較任性，獨往獨來，在國外生活都是瞎湊合，在外面吃得多，

家裡最會做的飯菜，就是那個雞蛋炒番茄，飯炒雞蛋，雞蛋蒸肉和清煮雞蛋了。好在他讀書很努力，人也很聰明，掙錢也是沒問題的。我祝福他，出國十年後，中國發生的變化不可思議，世界自然變小了，海外自然變得不稀奇，張遠出國時的背景是一個純粹的窮學生，他回去一定會找到驚喜。那天，就在醫院「告別」了好朋友張遠，我為他祝福，回國已經有了好工作，把身體搞好，再找個愛人，多回家看看父母，生活一定很好，可能會很幸福。

張遠離開時，突然拉住我的手，他說，阿南啊，讓我給你一個祝福吧！在你根本不知道自己死活的那幾天裡，我親眼看到了丹妮所做的一切。就不說那些感人的事實了，只想說一句話：在你生命的過程中，請記住，你無論有多大的愛和財富，有多大的幸福和榮譽，在丹妮的面前，不需要考慮，不需要擔心，更不需要猶豫，你就送給她吧！你是她在這個世界上最愛的人，她給了你讓我們都深深感動和敬慕的愛，我敢證明。張遠說，你很幸福，是很燦爛的，讓人羨慕的幸福。聽著他的話，我像是獲得了驚喜，又像是明白了一切，這場大病讓我懂得了生命的價值，丹妮，就是我生命的意義。

日記（三十二）

這天女兒勤也來了，給爸爸買來了一束花，她對我說，這

花既是祝賀爸爸身體恢復，又是為轉院祝福，勤三歲就和我們出國了，她的整個教育和成長，幾乎都是加拿大式的。她還在學校裡讀書，週末就去蒙特利爾遊樂場打工，有個喜歡的男朋友，那麼年輕，已經開始「開放」自己，這就是海外的孩子。我對她的選擇是寬容的，很多事情只是開始，她要嘗試，要走出去甚至摔跤，就讓她走吧！按照我們中國人的觀念，似乎有些不夠「負責」。不過我不這麼想，從成長的意義上來講，我沒有讓孩子成為「大人物」的想法，也不想說她多麼有才，只希望她正常成長，自食其力，生活幸福就足夠了。不論她有沒有去名牌大學，有沒有太大的「出息」，對於我來說都不重要。事實上，女兒是相當不錯的，她讀的中學不是私立的，是魁北克最好的「音樂中學」，能獲得這個學校就讀的機會，是她自己爭取的。學校裡除了與其他學校一樣的教學外，還有音樂教育的課程，每一個學生都會一樣樂器演奏，要麼鋼琴，要麼黑管，要麼小提琴，要麼打擊樂，女兒是管弦樂小組的一個小「演員」，每到學期末或是節假日，學校都會組織各類演出。音樂會的場面很大，學校有相當不錯的音樂廳，家長們沒有缺席的，都去捧場，看著孩子們還能演奏一些經典的世界名曲，那麼「專業」真是高興。在學校的薰陶下，女兒的文藝「細胞」得到了大釋放，後來自己學會了幾種樂器演奏，鋼琴彈得很好，為這事還專門為她買了一架鋼琴。

　　我，丹妮和女兒又到辦公室和醫生護士們告別，大家都

和我親吻，我不停地說著謝謝。那個負責照顧我的護士拍了拍
我的肩膀，開玩笑地說，阿南到了康復醫院，你得努力，好好
配合醫生，所有的事情都要實現自己動手。她這麼一說我都笑
了，我說，當然沒問題，現在我已經可以做到了。負責轉送醫
院的司機來了，他要我坐上輪椅，由他推我下樓再放上車子。
我想拒絕，說，我能自己走，下樓沒問題的。那人嚴肅地說，
不行的，這是規定，你必須這樣離開醫院，進入到康復醫院，
你現在是病人。這是我沒想到的事情，這在我生活的記憶中從
來沒有這種說法，這就是加拿大。我只好老老實實地聽從安
排，被「捆綁」在推車上，離開了醫院。

日記（三十三）

在醫院第一階段的日子結束了，我被轉入了蒙特利爾一
家康復醫院，又開始了新一輪的康復治療。這所醫院的醫療對
象主要是身體肢體受損，大腦和心理疾病和其他疾病康復的病
人。對於我來說，主要是接受大腦記憶和心理扶持，也包括身
體恢復的治療。

進到康復醫院的第一件事，就是熟悉醫院醫療的功能和
情況，工作人員帶著我進行了參觀。與一般醫院不同的是，
這裡有健身房、桑拿、電影院、圖書館、遊戲室、游泳場、
交誼中心、演出廳等等，非常齊全，已經把治療提高了一

步，康復的意義已經成了主題。工作人員告訴我，在北美最
好的兩家康復醫院，一家在芝加哥，再一個就是這裡，而這
裡的整個服務品質又高於芝加哥。據說，在芝加哥享受這樣
康復治療的費用極高，一個月可以達到近兩萬，而這裡卻是
免費，當然這和魁北克的醫療制度有關。我一面參觀，一面
感歎，我在加拿大得的這場病，讓我見到了前所未見的很多
新鮮事，知道了一個完全不暸解的國度，享受了天堂般的治
療條件，我很幸運。接著他們給我了一本治療手冊，上面非
常詳細地記錄著每個醫生的名字和照片，方便病人們隨時查
找，有心理扶持的，有健身教育的，有主管治療的，有後勤
負責的，還有負責護士安排的，等等。

　　接下來的第一件事，是與主治醫生的「面談」。她問了我
生病前後的情況，又問我現在的感受。我說，正常，還好吧！
她嗯了一聲，接下來她拿出來很多圖案，資料和問答題，反覆
地問我，又不停地考我。其實，這些題目在我看來都是很初級
的，難度不大，當然我回答的結果如何就不好說了。最後，醫
生問了我一個問題，你現在有什麼其他的想法嗎？其他的想
法，這個問題讓我無從回答，我說，我想我身體恢復的很好，
一直這樣想，但我心裡有些害怕。醫生說，你害怕什麼，為什
麼害怕，能舉一個例子嗎？我一下子鼻子一酸，哭了起來，我
說不知道，只是覺得很悲觀，生命好脆弱。醫生的神態開始變
得有些凝重，她說，沒事的，現在的任務就是要好好康復，改

變這些想法，要有耐心，有勇氣，慢慢就好了，並通知我很快
會安排我近期的治療計畫。

日記（三十四）

　　當從突發的猝死走回來時，我曾經有過短暫的喜悅，甚
至對自己的身體恢復感到欣慰，不過，轉入康復醫院以後，這
種情況在悄然地發生變化，一種讓自己難以克服的情緒，在強
烈地萌生著，那就是：消極和悲觀。這如同一種陰影遮擋著我
的視線，無法掙脫，深刻記憶的是那次和好朋友歐文的一次對
話。歐文告訴我，他要自駕車去美國，還要到三個城市周遊。
我說，你自己去嗎？他說，是的，這次就想自己玩，看看一個
人出門的感覺。我頓時哆嗦了一下身子，一個冷顫，說，不行
的，很不安全，這要多大的勇氣啊！他笑了，說，這有什麼，
談不上勇氣，只要有想法就可以實現，又不是去超越一件不可
能的事情。聽他這麼一說，我覺得自己的心態完全不同於他，
他要做的事情，我根本不會想，只會害怕，像一張易破的紙，
好害怕生命出了問題，對自己的身體狀況很懷疑，不知道未來
會怎麼樣，這種感覺與「憂鬱症」那種「狂妄」的輕視生命不
同，恰恰相反。害怕死亡就像是一塊大石頭，沉重地壓著我的
心，讓我十分悲觀。雖然，現在走出了死亡，很幸運，但這種
幸運在不斷上升的悲觀情緒中，感到痛苦，再也不相信自己是

一個健康的人了。後來，在醫生的引導治療中才知道，這是猝死後產生的另一種「疾病」：心理障礙。這又是一個需要漫長心理治療和修復的過程，而且是一件十分艱難的事情。

（旁白語）：在沉睡的夜夢中，有很多次見到心臟旁邊的那個小小的起搏器，和它悄悄地對話。阿南啊，守候在你心臟最近的地方，時刻都在傾聽那顆心的跳動，有時它像是倉促奔跑突然停頓下來，頻率上下不均，好讓人擔心，你可要小心啊！有幾個夜晚，悄悄地觸動著你的身子，要你擺好休息的姿態安靜下來，進入睡眠，不能再睜著眼睛了，心臟需要休息，足夠的時間。你常常用手溫柔地撫摸著我，那麼深情，我知道，這是你生命的第二個心臟，守衛著你生死的大門。這是多麼的不同啊！我們的情感世界裡，多了一個愛，只是屬於你的，堅貞不渝，每天都陪伴著你，直到走向你的另一個世界。

日記（三十五）

那些日子，對我影響很大的還有另外一件不幸的事。歐文的親弟弟，因為注射毒品過度死亡了，他才二十四歲，這是我在病房裡聽到的。

我認識他，一個帥氣十足的男孩，這是他兩度進戒毒所出來後發生的事。聽歐文說，最後一次出來，他下了很大的決

心，還進了電腦程式專科學校，準備好好讀書，重新做人。他
母親為他這事，操了不少心。可惜，在國外很多年輕人走上這
條路，就很難抗拒。當他在學校裡再一次「鬆懈」了自己嘗試
毒品時，他的心澈底碎了，面對母親，他只剩下眼淚，哭喊著
對不起了，再沒有勇氣活下去，真的活不下去了。聽到兒子這
樣無助的嘶喊，母親面對著一顆絕望的心，她能做什麼呢，多
麼淒涼啊！我住院前還見過歐文的弟弟，在一起談到過他的
「病」，他說，面對的艱難是巨大的，他伸開手給我看，很多
地方都被他咬破了。我說，還在吃戒毒的藥嗎？他嗯了一聲，
然後盯著我看，說，要克服自己不是簡單的事，簡直都不敢
想，活下去到底有什麼意義，疲於掙扎。從他的目光裡，我看
到了他的悲切和無助。我只能安慰他，說，讀書可以幫助你，
一定能轉移心理障礙和平靜情緒，自己要有信心。他說，對電
腦程式設計的學習很有興趣，學習的時候也是最愉快的時候，
但是有更多的時間是在病魔的糾纏之中，大腦非常恍惚。我
使勁的鼓勵他，要記住不管怎麼樣，社會和家都在幫助你，你
那麼年輕，就算是磨難一場，也要走出來。我叫他有空就到家
裡來說話和交流，告訴他，我們都很愛他。最後一次見面，他
對我笑了，二十四歲的青春多麼純潔，他說相信我的話，一定
來家裡，還說叔叔真好。後來，他選擇了離開這個世界。在做
出決定的前一個夜晚，回到母親的家睡了一夜，他對母親說，
自己即使走了，也是上帝的安排，沒有人能選擇，就像他走上

吸毒路無法回頭一樣；他講了在學校學習電腦的事，說了自己
拿到文憑，可能最想做的事情；還回憶了很多和母親的生活故
事，說自己的性格很奇怪，不太像父親，更不像母親，連自己
都難以控制，等等。他講這些，沒有掉眼淚，母親聽著沒有哭
出聲音，只是在靜靜地擦去眼角的淚。人性在這個時候，就像
走在極點，再沒有什麼選擇了。

這樣年輕的生命就消失了，他那個太率真的模樣，不停
地出現在我眼前，我的心躺在寂寞的病床上，始終走不出一個
新的理念，痛苦的感覺，而且隨著一天天身體在恢復的時候，
變成了意識。是聽到他不幸的命運而產生的情緒，還是我病況
現實的不約而同，悲觀的心態纏繞著我的心。我的身心在好與
壞的交織中起伏，就像我不安分的心臟那樣，需要修補，治療
和藥物。在進入康復醫院後，我第一次向醫生提出安眠藥的問
題，睡眠開始出現問題，半夜醒來一直睜眼到天明，由於休息
不好，感到非常難受，更加痛苦，很難抵禦心理的壓力。從那
時開始，安眠藥成了我生活離不開的輔助物。

日記（三十六）

康復醫院的醫療情況就大不同於一般的醫院了，這裡有
很重的心理治療和社會工作的性質，一方面是心理疏導的治
療在加大，另一方面，是社會工作者在努力提攜病人走向生

活。以前在中國，對社會工作者這一概念是陌生的，出國後聽說過加拿大有很好的社會工作這樣的職業，而且有世界最好的社會福利部門。在康復醫院，我第一次感受了社會工作者存在的意義。

作為社會工作者，他們必須對每一項工作都充滿了愛心和耐心，特別善於從你的點滴表述中找到對病人的體貼，甚至對個人單獨的輔導。在醫院，每天護士送藥上門是一件很平常的事，但是，當他們知道我常常會因為忘記的原因，吃藥的時間總是不早就晚時，他們就把這當成了一件大事，心理輔導和社會工作的人就會介入。記得在一次會診時，他們就直接參與討論了這件事，提出了具體方案，他們為我專門準備了寫有時間表的小盒子，有每天什麼時刻用藥的記錄，以此來監督，同時還打電話給我的愛人，又專門強調我的用藥問題，要求配合監督。在醫生和社會工作者的同時管理下，我的醫療課程排的滿滿的，這些課程不是累，倒是感到輕鬆愉快，讓你感覺不由自主，每天都必須接受不同的智商測試，做大量的習作，然後到保健室做被指定的體育訓練，下面是我做的具體兩個實例：

比如一：「出門的實驗」。這是病人嘗試出門的體驗，醫生陪同你一起出門，會面對買公車票，上地鐵，照顧自己等方面進行「試驗」。這是檢查大腦康復的做法，對病人自理能力的測試。在這樣的治療中，我的情況顯得比較好，基本是沒

有問題的。「出門的實驗」回來，老師要和我談這天外出的感覺、印象，包括我自己的感受，並對我的表現作出評估，類似的活動很多。

比如二：「做飯」。這是醫院進行綜合性檢查的重要一環。做飯之前，醫生帶我到了醫院專門設置的「家」。那裡有睡房、洗浴間、廚房、客廳，和在家裡一模一樣。那是作為模擬的治療室。她對我說，你到這裡做飯，就如同回到了家，你的行為應該盡可能像平時一樣。接著，我看到了廚房裡的各種炊具，佐料和冰箱裡現有的東西。說實在的，當我這麼一看之後，真是大吃一驚了。我萬萬沒有想到，這些櫃子裡竟然會有這麼多的中國佐料，可以說要什麼就有什麼。連炒肉用的芡粉、味精、蘑菇粉、醬油、酸醋全都有了。我吃驚的問醫生為什麼會有這麼多的中國的佐料？她說，因為什麼病人都有，來自亞洲地區的病人當然也不會少。一看這些東西，我馬上就有了主意，對醫生說，我準備做中國飯。醫生要我與護士聯絡，看需要什麼東西，他們好去做準備。第二天我的病理測試的活動開始了。到了「家」裡的廚房，先是大致看了看冰箱裡買好的菜，看到他們準備的菜不少，竟然還有像豆腐這樣的中國菜。我頓時感到信心十足，馬上就敲定了這頓飯的菜色內容。陪著我的護士問，準備做什麼菜，有主意了吧！我回答，是的。她問我要不要幫助。我說，不用。她問，還缺什麼嗎？我說，不缺。她說，那就看你的了。我說，行。護士坐在了一

旁，看著那些有關病人的東西，我自己的做飯就這樣開始了。
說實話，我相信我做好的飯對於他們來講，一定是一個驚喜，
一定要讚揚，也一定要說好吃。在中國人眼裡的老外，不都是
一些饞貓嗎？不要說吃了，聞到炒菜的味道一出來，他們就按
捺不住了，總是會說，哇，好香呀，你做什麼呢？很久沒有心
情做飯菜了，也很久沒有展示自己的才藝了。我這人從小就愛
做飯菜，而且做起飯菜來，就有感覺，就很想創新，很想搞一
點什麼漂亮的菜色出來。雖然眼下自己在醫院，腦子也不算太
好用，冰箱裡可以選擇的東西是有限的，醫生也只希望我能做
出一兩樣菜就行，可是我還是很有激情，這是我在醫院裡最開
心的一件事。馬上我就敲定了菜目，肉菜是糖醋牛肉丸，葷菜
是清蒸肉豆腐，素菜是涼拌拼盤。我把菜色內容確定以後，立
刻進入了製作。中國人在老外面前做飯是一件很得意的事情，
他們看著我們做飯菜的行為充滿了好奇。飯做好了，醫生和護
士坐在一起品嘗，和我談做飯時的想法，這些菜色是以前就會
做的，還是新產生出的主意等。像一家人一樣，他們都讚揚
我，味道真好。

　　這些就是我在康復醫院做的事，和其他醫院不同，這裡吃
飯不再是送餐到病房，而是自己到飯廳用餐，近乎於自助餐，
主食每天都有變化，食物品種很多，自由挑選。餐廳裡有社會
工作者參與服務，對病人的選餐，病人的要求和意見，做出及
時地幫助和輔導。

日記（三十七）

進入到康復醫院一些時間後，我對整個管理系統有了很初步的瞭解，也多少看到了加拿大一些工作系統的鬆散狀態。那裡不像醫院有很多的病人，醫生面臨著巨大的壓力。康復工作在我看來，有很多事可做可不做，醫生是沒有太大壓力。但是，作為一個系統，這是政府直接支助的部門，康復醫院部門齊全，配置的人也不少，工作中明顯地感覺到他們工作輕鬆和繁忙的巨大差異。也許作為一個來自人口眾多的國家，而我的國家的發達狀態有限，有時，我也會產生出一種不「正常」的心理，覺得他們的工作在一些方面是多餘的，特別是那些有專業學位的工作人員，一個職位只幹一件事，很輕鬆，日子好混，相對沒有什麼學位的工作人員，倒是要跑出跑進，顯得忙一些，因為簡單的服務性工作很多。但總體來説，這樣的機構拿政府的錢，沒有壓力，他們的職業輕鬆，讓人羨慕。

在醫院裡也經歷過一些很「奇葩」的事情，説來不可思議，但又覺得是一種「文化」。康復醫院住房安排很奇怪，我被安排和一位上了一些年紀的婦女住同一病房，開始我感到莫名奇怪，懷疑安排有錯，詢問後知道確實是這樣安排的。作為移民，我沒有經歷過這種事情，但又不好説什麼，可能加拿大就是這樣。在一起的第二天，我就無法承受下去，那老人喜歡開著窗子，風很大，她本地人好像沒事，我

倒感冒了。再加上她做事太不在意，甚至上廁所小便也不好好關門，讓我感到非常不習慣，終於向科室提出要求。事實上，在康復醫院裡，因為病人來源特別，男女同住的事時有發生，醫院並不認為有什麼問題。我的理由很簡單，我們的文化習慣不是這樣，再說我確實感冒了，很快科室就調整了我的病房。

我還遇到過這樣一個護理士，她的工作很辛苦，每天都面對困難重重的病人，給人家搞個人衛生，餵飯，還需要極大的耐心等，心裡壓力很大。在康復醫院兩個多月出院時，聽病人說，她現在倒成了病人，不工作了，正在由醫院安排照顧在本院治療。因為長期工作的壓力和心理問題，讓她也病了。這事說來奇怪，在加拿大有不少這種情況，即使是醫生，也面臨心理病態這樣的問題，在醫生和醫院裡，他們同樣經歷著心理等疾病的纏擾，我當時感到奇怪，但這就是事實，這是北美和西方社會存在的現實問題。

日記（三十八）

進入康復醫院，一待就是兩個月。在醫院裡，每天不是到健身房練身體，要不就是和心理醫生說話，我像一個「話筒」，醫生像個「聽筒」，他們很少發表意見，有極大的耐心，主要是陪同我。有時沒事幹，很想家，我提出想回家看

看。後來醫生同意讓我每週回家待三天，回到醫院就要彙報回家的感受，和所見所聞。我像一個受寵的孩子，得到的是驚喜的關注，那是一段幸運和幸福的時光。終於，在滿兩個月的時候，康復醫院放手了，同意我可以回家了。回家前，醫院再次做了會診，我又被轉入新的「康復治療計畫」，經醫院推薦，再次進入社區康復中心，這是二級康復機構，雖然可以住在家裡，但是每週仍然有三天必須進入康復中心「治療」，實現健康恢復的最後一步。

第一次回家，我的丹妮在我的面前掉下了眼淚，她說，這場恐懼像是驗證了一份感情的堅實，又像是證明了一份勇氣，實在太嚴峻了。此刻的我，已經無話可說，這三個月來，我重新認識了一個人，是超出我的想像的，丹妮像永恆的一面旗幟，讓我仰望。我的一生在與她的相處中，只剩下了愛的感激，是她給了我新的生命，是她的勇氣讓我死裡逃生，讓我重新走回人間。

我們的家已經變成了祈禱的「寺堂」，滿地擺滿了那些禱告的水果，食品，蠟燭和飾品等，它們都枯萎，潰爛了。丹妮說，現在你回家了，它們也為你「祈禱」了整整三個月，把你身上的那些病魔吸走，它們該走了，讓它們走向大海，帶走你過去的傷痕和忘卻，到遠遠的地方去。她說，這事要我們一起做，把這些東西送往聖羅倫斯河，順著河流，讓它們遠遠地漂走。第二天，我和我的丹妮、歐文和赫貝爾一起開車向聖羅倫

斯河駛去，這河象徵著加拿大和魁北克，寬大遠長，我的漂泊路就這樣有流失有北往的在前行，心裡有了極大的安慰。站在河邊，赫貝爾對著大海喊著，你們走吧，把不幸和苦難，帶到我們看不見的地方，澈底忘記它，我們只想面向太陽。他的話那樣激昂感人，發自肺腑。丹妮和我把大袋的雜物拋向大海，只聽到一股子巨浪，把它們推到了幾米以外。歐文也喊叫著，再見！讓生活重新開始，再見！我再也壓抑不住內心的感動，緊緊抱住丹妮說，親愛的，愛你！接著我又擁抱住歐文和赫貝爾，不停的說著，謝謝好兄弟們，愛你們！

　　看著飄然而去的那些實物，就像澈底告別過去，我覺得自己的身體頓時輕鬆了，深深地呼了一口氣，那是涼爽的海風帶來的輕鬆。丹妮拉了我一下說，走吧！我說，走，我們走吧！回家的路上，我不知道該說什麼，生死離別的路，在移民後走的這樣「傳奇」，這樣文化多元，這樣如夢一般，我又要重新開始新生活了。回到家裡，盯著這個曾經發生過不幸的屋子，我說，親愛的，我們該搬家了。丹妮點著頭說，我也這麼想，要搬到一個讓我們開始新生活的地方，她依偎在我的胸前。這是我重新回到家的第一個決定。

日記（三十九）

　　那幾天，江歌到康復醫院兩次。時間過得真快，他出國

也三個月了，這時間雖說不很長，但是什麼也沒幹成，帶來
的錢像流水一樣，不停地往外出，他說有點心慌了。國外的
生活就是這樣，有嚴峻感，不幹活是不行的。問他想念國內
嗎？他就歎氣，怎麼個想法，國外生活實在沒有意思，國
內都變成什麼了，多方便，當然還是國內生活舒適；不過，
國內的社會問題也太多，吃喝都是問題，心情也不愉快，因
為這個孩子要到加拿大讀書，也覺得蠻有道理，我們父母的
最高「理念」還是為了孩子。聽他的解釋，我都覺得為難，
和他不一樣，我一直生活在國外，對他的「理念」是不大贊
同的，在國外發展就一定對孩子好嗎？就一定能成器嗎？再
說，接受西方的東西多了，孩子未必聽他的。不過，每個人
有自己的想法和生活，只能祝福。江歌說，他決定要買一個
雜貨店，做小店生意，這個畢竟有前車之鑒，至少不會虧
了，多賺少賺有個安定的收入，日子也就正常了。江歌是很
謹慎的人，生活也很節儉，他想聽聽我的意見。我能說什麼
呢，江歌也四十有餘了，在國外能做的事也是有限的，非常
理解他眼前的想法，好在這些年他還存了一筆錢，為他的選
擇創造了條件。

　　我們談到了開店的一些技術問題，我說，儘管我已經不
再做小店老闆了，如果需要，以後一定說明，祝福江歌生活
順利。

日記（四十）

我終於結束了康復醫院的全部治療，經過前後三個多月的醫院生活，回到了家。這三個多月，經歷了全新的生活體驗，感受了加拿大這個奇妙國家，給我帶來的感動。不過，我的康復還沒有結束，又進入了新的康復中心。

回到家的第三天，社區康復中心的人就來到家裡。那位叫塞巴斯兼的先生很快成了我的朋友，他問我有什麼想法，到康復中心有什麼個人的計畫，最想做什麼？説實在的，這樣的善意交流，我都懵了，難道康復治療是由我確定治療方案嗎？他聽了我的很多想法以後，給我安排了一個計畫，主要包括兩個方面：一是身體鍛鍊，二是心理恢復。身體鍛鍊根據我的體育愛好和能力，設置了游泳項目，每週兩次健身。每次游泳，康復中心都會指定專門的游泳老師陪同，泳池裡游幾圈，怎麼鍛鍊，都安排的很細緻；同時，每週還必須接觸心理醫生一次，交流和面談；參與社會文化活動一次，包括和病友一起交流生活，組織各種文娛活動等。

在康復中心，我經歷了各種康復治療，例如：學習使用「生活記錄本」，怎樣讓自己學會安排時間，幫助克服大腦「遲鈍」面臨的困境，這裡包括內容設置，如何查詢，怎麼記錄。例如：學習和朋友交流，通常見面都該説些什麼，怎麼提示自己該詢問的問題，如何使用隨身攜帶的筆記本。例如，接

受「音樂心理療法」，安排在一個安靜沒有燈光的屋子裡，藉助蠟燭，燃熱各種氣味的香精油，散發著清香氣味，放上優美的輕音樂，僅僅套上睡衣，躺在床上，保持睡眠（通常可以睡著），一般一個小時，整個身心進入放鬆狀態。例如：集體（病人們），一起到公園活動，大家帶上自己的餐點，帶上自己國家的音樂盤，一起遊樂，一起賞聽，一起介紹自己的文化和飲食習慣，等等。這些活動，大大地平衡著大家的心，起到了一定的作用。

心理疏導的課是單獨進行的。我的心理老師是一個熱愛中國文化的人，曾經多次去過中國。在康復中心整整兩個月裡，我們的話題幾乎都與中國有關。心理疏導是件奇妙的事情，我一直沒完全明白，他們是如何設置課程，似乎是隨意的，完全不同於中國式教育的「指導性原則」。病人始終是表達的主題，表達的問題始終是擺在桌面上的「飾品」，有很多的觀賞，理解，認識和點評的意義，好的和壞的，美的和善的，又在情不自禁從中找到答案。後來，我們成了朋友，什麼事我都想對她講，她總是有極大的耐心傾聽，心裡的釋放和打開，對我後來心理恢復起了很好的作用。當我結束和她兩個月的「交談」，為了表達感激，送給她了一幅畫，是從中國一位畫家手裡得到的。在康復中心的兩個多月裡，我的人生從死亡到復活，從病況走向正常，整整半年，多麼難忘。

在我結束康復中心治療前，醫生們對我做了最後的醫療鑒

定，包括進行了各種測試檢查，會診和面談，確定了我離開康復中心後的生活，定期的醫院檢查，吃的藥物和變更。鑒於大腦和記憶恢復的長期過程，工作體質承受的有限程度，心臟心律不穩定和再次突發的可能性，等等，我不能承受全日制工作的要求，只存在接受適度有條件的工作，並由政府推進發給了城市聯合保險金。一個再次讓我驚喜地決定，我的身心包裹著無限的愛慕。

整整半年時間，從醫院到康復中心，我不只是簡單地知道，加拿大是世界上醫療福利最好的國家，更知道了這個國家所展示的人性世界，尊重人的生命、權力和愛，這才是加拿大這個國家的偉大之處。我的第二次生命是這個國家給的，他們給了我活著的全部意義。

日記（四十一）

好幾個用心的朋友都問過我，一個死過又回來的人你還要什麼呢？一個大病不走的人還有什麼要怕的嗎？你現在最感觸的是什麼？他們所問的問題，正是我這個大病後想要回答的問題。

這場病真的改變了我的很多想法，也讓我想到了應該如何面對自己的今天。生命不再是苦難，是上帝的禮物。我想說，如果上帝不願讓我走，那是上帝看到了我對生活的愛心，要留

給我一次愛的機會。我必須珍視這份愛，好好的生活，過好每一天，生活得充滿感恩之情。

我要感恩於曾經走過的路，這條路彎曲而漫長，終於讓我走到了一個居高臨下的地方，像是回首當初，又像是展望未來。我願意把背上的背包打開，取出那個記錄著生活的小本子，說，我很幸福，又走過了一天。翻過一頁，再寫下今天的日子，我說，親愛的藍天和大地，其實生命就是這麼簡單，白天和黑夜，無論是爬山過海的，也無論是雄心大志的，經歷在造就我們的思想，而真正思想的背後只是一份純樸的境界，那就是把自己放在自然天地中真實的面對自己，平凡的生活。我的今天會是像一個純粹的孩子嗎？會帶著對生活豐富的理解而知足的生活嗎？這是我想要的，也是我的理想與境界。生活的大自然多麼美好，你該是大自然叢林中奇夢般的歡歌聲。

我要感恩於世界的愛，這愛是我美好生活的夢想，面對著這個充滿了上帝恩愛的世界，我該做一個懂得感激恩愛的人。我的母親，我的家人，作為一個置身於海外的遊子，我的愛人，我的那些很好很好的朋友們，他們都是我生命的感情之源，是我最值得器重的人和愛，我要感謝他們，珍視他們，讓自己成為他們生活中的咖啡與糖，給予他們香醇和甜美。

我的〈病房日記〉也該就此擱筆了。這是一段匆匆忙忙的

經歷，也是匆匆忙忙的記錄，是記憶中一段話的句號。這是一個瑣碎的「日記式」的記錄，通過記錄，希望你讀出不一樣的感覺，在一個充滿欲望、金錢、利益、自私和虛榮的世界裡，我在「發現」另外一種情懷，不再想隨波逐流。人不過是一種高級動物而已，可以理解宇宙和認識自己，是多麼的幸運，我們活著的目的和意義，更多是為尋找和感受人性的真實和美好感情，這是最幸福和最有價值的。

　　也是我寫下〈病房日記〉的全部目的。

病房以外的日記（四十二）

　　我回家了，〈病房日記〉的那些遐思、經歷和感受；還有那些過去、記憶和感慨，就到此落筆了。那是我根據十年前寫的日記修訂的，記錄的是二零零九年和之前那段時光的故事，還有那段千絲萬縷的感情世界。我只是把〈病房日記〉當作一面鏡子的片段，照過臉面，照過早晨，照過一刻，但它沒有照過全身，沒有照過完整的一天，沒有照過一生，路還在走，轉眼又已經走過了十年。

　　二零零九年那場病以後，我的生活發生了很大的變化，變成了另外一個人。當然不想說就是那場病的「結果」，但是那場病讓我看到了「驚喜」，如同清晨打開窗子想說的那句話：「又是一個陽光燦爛的一天」。後來的生活，將會是我另外一

本書的「故事」。在〈病房日記〉裡提及的一些事，後來怎麼樣了，結果如何，這裡也需要一個簡單的交代。

　　見到了救我生命的那位黑人醫生了嗎？這是〈病房日記〉的一個「關鍵字」，無論是按照中國人的「回報」之心，還是西方人的感恩理念，我都必須完成一個使命，見到他，並表達感謝之情。在康復醫院時曾返回那個「急救室」，可惜他休假了；回家後因為複查再次到醫院，順道又去見他，可惜他進了手術室；我曾嘗試打電話約會，約會中心接話員沒有給我機會，因為急救室醫生不設「預約」，要自己聯絡。至今已經十年了，我仍然沒有見到他一面。有句話說，如果真要想做一件事，是一定可以做到，我也確信無疑。不過，隨著時間的推移，我對這位醫生的感恩心，變得更具有「故事性」了，有時當我想做這件事時，會有一種「期待」的情緒，像是在孕育著一個新故事的開始，是一個讓人著迷的故事，可能是一篇精彩的小說。我不由自主地在期待，就像期待靈感的到來。但是，最終的結局，是握著他的手說：謝謝，不能忘記的人。

　　為什麼兩次沒有了心跳還能復活。至今我都對這個問題充滿困惑，醫生似乎也沒有從根本上說明其原因。在家裡出現的第一次心跳暫停，和到醫院後反覆的第二次，這在客觀上讓人感到費解，也說明了一個問題，生命的終結是一個複雜的，存在著極大的誤區。我們不能輕易用經驗解釋生命，而要做盡可能施救，用最大的努力，加拿大的醫生做到了。在民間裡，我

們說上帝不想讓你走,這是多麼通俗的說法,是有道理的,因為一切機會都存在,命運的天窗始終開著。

江歌和張遠的生活命運如何了?

江歌,一個從國內出來的人,後來買了一家小店,當上了店主。日子從此過得單調無味,他變成了最理解法語那句格言「這就是生活」的那個人。因為沒有選擇,一幹就是十年,人老了很多,頭髮也都白了,每天操勞於小店的事,早出晚歸,日子就是「稀裡糊塗」的時光。當年出來的願望和目的,早已置於腦後,哪裡還有精力關顧兒子,交流幾乎成了無話可說。兒子還成器讀了大學,畢業卻選擇離開加拿大到了美國,因為和一個洋姑娘愛上了,他們的工作和命運都在那邊。江歌培養兒子「成長」的計畫似乎實現了,他的生活變成了尷尬,想和兒子去美國已經不可能,不知道如何和媳婦相處,兒子也沒有想要他們過去的願望。再說,這小店離不開人,賣了吧他們無事幹,心可能又回到發慌的狀態。在魁北克生活也算有些年了,福利待遇也是難捨的原因。第二次選擇出國,他們經歷了回國後的一段生活,想起來還是挺懷念的,如果不出來絕對沒有那麼多苦可受,掙的錢也一定不會少於現在,就是讓兒子自己出來,其實也沒什麼,兒子的路是屬於下一代的,真與他們關係不大,老了想靠孩子,可能在哪都不可靠。父母的瞎心和空夢,在過去的若干年以後,成了可笑的事情,真沒意思,人生就這樣,叫「無聊」。

　　張遠，一個從國外回去的人，起初得到了一個極好的工作機會，那時回去的人還不算太多，他準備把生活澈底留在中國。不過他很不走運，因為不習慣國內生活中的人事關係，一直和領導相處不好，一些「傲慢」的情緒也顯露出來，說話直白常常頂撞，那份月薪近三萬的工作丟了，後來轉了幾省幾市，幹了幾份工作，都不是穩定的職業。個人的生活也沒有他期待的那麼順利，這些年並沒有找到自己的愛人，他不知道為什麼，只能說沒遇見，很多事做起來並不如意。再說，新發展的中國企業，聘用變得多樣化，很多工作都沒有完整的勞保條件，不提供未來生活醫療方面的保障，這是一個大問題，對張遠來說是極大的挑戰。事實上他回國不久，身患的糖尿病已經開始復發和擴大，國內昂貴的醫療費用，沉重地壓在頭上，包括父母和兄弟們的支持，勉強在支撐著身體。他開始對自己留在中國發展的想法，產生懷疑，加上國內假藥的出現，有時大筆費用付出，病況不見效果讓他倍感惱火。這兩年，他有時回到加拿大做過短期治療，然後又回國工作。好在他一直是加拿大身分，這為他的以後去向留下了機會，只要他回到加拿大，貧困不是大問題，他同樣可以享受很好的醫療保險，也可以獲得可靠的藥物治療，就不會有太大的後顧之憂。生活還在猶豫之中，張遠也回國多年了，國外已經沒有他的工作機會，畢竟還是工作的年紀，他已經適應了國內方便和熱鬧的生活，在那邊心情會更好一些，變成了一個矛盾的人，只是隱約地感覺，

未來的生活應該是在加拿大，而不是在中國。他對我說，生活沒意思，在哪好像都沒意思，人就這樣老去了，唉！

　　又是一個清晨的開始，靜靜地坐在窗前，坐在八，九點鐘太陽的旁邊。

　　我對自己的生活看得更真實了，這些年的每天都過得那麼愉快，相信青春重新走來了，新生活就是這個燦爛的時光。我不再病態，不再苦難，不再有欲望；我可以善待自己，寬容別人，不再有忌恨；只有感恩，只有滿足，只有好好的生活。這個世界是如此的美麗，我相信自己又一次和太陽相逢在大自然裡，以無限美好的心情，牽著太陽，它把那溫暖的陽光，傳到我的心裡，我們要走過高山和大海，感受幸福與快樂。只想問，親愛的太陽，我還需要怕夕陽落日嗎？真的不害怕，陽光的精神已經透過身心的全部，永遠地留在了我的心中。

　　我歡呼太陽，歡呼生命！

3

讓・克里夫先生的
六封信

這是我生活中的一次「奇遇」。

因為那次「奇遇」，改變了我後來的整個生活。

摘自個人手記

一九八三年深秋的一個夜晚，我獨自在教師宿舍，經過一陣子奇思妙想之後，寫了一封信，要寄給一位叫讓‧克里夫的教授。

這件事有些「荒唐」，在一本介紹加拿大有關礦業大學的書附錄資料中讀到這個人，只留著一行字：「讓‧克里夫，歷史系教授，研究課題：法國近代人物與城市區域變遷」。那時我留校任教，擔任開設歐美近代史課程，正好完成一篇法國大革命丹東[1]研究的論文，萌生出一個想法，想把自己的論文翻譯成英文，寄給這位教授交流。一八八零年代正值中國改革開放開始走熱，有了一些對外交流的活動，我也有一種「狂熱」的心態，希望有機會和國外學者聯繫。不過，對自己的想法也很有質疑，這只是在一本翻印的小冊子附件裡提到的一個人，與他不相識，毫無關係，真假不清楚；近代法國近代史研究問題很多，方向可能也不盡相同；再說翻譯英文也不是自己的長項，似乎這個舉動不大可能。

---

[1] 丹東，法國大革命時期的重要歷史人物。

沒想到的是兩個月以後收到了他的來信。他在信中說：

「……親愛的南，你的信對於我來說是一個驚喜，這是
我認識的第一個中國朋友，感到很高興，你的國家在我
心中，是一條雄偉的長城，有很久的歷史和文明。……
我對你為什麼選擇聯繫我，如何找到的聯繫方式，還有
對課題的瞭解等，都感到興趣。讓我告訴你，我的研究
方向是法國近代人物與城市區域變遷，和你的論文寫作
方向接近。很樂意和你展開交流和學習……。」

信封裡還寄回了我英文論文的複印稿，他說明修改了裡面
英文錯誤的句子。

收到信後，我興奮不已，立刻寫了一封短信，希望能得到
更多的幫助和交流。

很快，又收到了他發來的第二封信。信中有他摘錄的國外
丹東研究的論著觀點文章和有關研究資料，不僅有英文的還多
了法文的。他在信中說：

「……從我查到的資料和研究看，你論文的觀點確乎有
自己獨到的看法和觀點，如果能有充足的資料加以說
明，會有很好的立論……。」

這樣的評述對我來說是極大的鼓勵，沒想到一個無意中的舉動帶來了這樣的奇遇，身邊就像突然出現了一位學術導師。說實話，留校任教以後，我正為職稱評選和前途擔心，從這位教授的口中，似乎讓我看到了那篇論文可能帶來的機遇。於是，開始從他提供的資料中尋找論據，這些資料足以讓論文的價值大大提高。很快我的論文就完成了，立刻投到國內史學研究的雜誌上。不過論文遲遲沒有被採用。雜誌社沒有解釋直接的原因，我猜測可能是研究的方向太偏，自己也毫無知名度，自然上稿的可能性就小，感到很灰心。

接著，我的評職落榜了。那段時間，生活走向了低潮，和這位「奇遇」的教授聯繫也中斷了。我的專業課在學校不是必修課，只是補充式的「選修課」，供學生選讀。社會上正掀起了「下海」之風，人們紛紛經商賺錢，大學裡一些教師也做了這樣的選擇，我的情緒波動很大，心動不已，想要放棄教師這職業，尋找一個世俗好混的工作。

沒想到這時候，讓‧克里夫寄來了一封「法國近代史國際研討會」的邀請函，邀請我參加在加拿大舉辦的會議，還說希望有機會到他的學校看看。我很感動於他的熱情，但是一切似乎都不大可能，首先是參會經費問題，是否辦到簽證，像我這樣的專業，學校也肯定不會同意。想想自己的論文也沒有獲得雜誌認同發表，覺得一切都不可能實現，加上心思已經不在專業上。我回了他一封信，把上面的實際情況都說了，還特別強

調了自己的學術水準有限，表示歉意和感謝。我沒有勇氣說出自己準備改行的意願，為了表示感激和友好，我專門發了一張個人的生活照，心想專業上不行，或許可以做一個朋友。我繼續到處尋找新的工作機會，把事擱到了一邊。

冬天很快來了，記得那個冬天從來沒有雪的城市，竟然落下了雪，我在艱難地情緒中度過，沒有定型的生活，甚至感到苦惱。耶誕節前一天，我沒想收到了讓・克里夫寄來的節日賀卡，打開一看大吃一驚。除了他親筆寫的幾個字：「聖誕和新年愉快，」還有一張他用電腦複製的合影照片，中間是那個歷史人物丹東，自信地目視著前方；左邊是我，用一隻手指著丹東的鼻子，嘴裡說著一句話：「此人好壞各一半（這是我論文的觀點）」；右邊是讓・克里夫本人，他盯著我，嘴裡說著「贊同專家意見。」整個畫面滑稽幽默，我一下子笑出了聲音，接著臉漲得通紅。這位教授的聖誕賀卡，像是狠狠拍了我的肩膀一下，不知道是意外還是震動，覺得自己有一件事沒做完，必須完成它，就是還未正式發表的論文。我仔細看著讓・克里夫的照片，第一次見到本人，出乎意料的是，他的年齡不過就是三十六七歲，一臉笑容充滿著陽光，最多不過大我兩三歲。那幾天我的心情發生了變化，沒心思再去找工作，新年大家出門去拜年，我卻一頭栽在電腦前，有一種說不出的興奮感，修改著那篇論文。從查閱資料到理解各種觀點，論文寫作的品質提高了，完成論文後，很有信心地投到了要求更高的學

術雜誌。

　這次論文發表了，得到通知後，我立刻想到給讓‧克里夫教授寫信。在信中，我說在你的指教和提供的資料說明下，論文終於獲得認可得以發表。我寄去了發表的翻譯版論文，除了表示感激以外，還表達了自己的心願，希望有一天能見到教授，還說真想做他的學生，攻讀博士學位。事實上，在當時的情況下，文科教師出國留學幾乎是零機遇，我很清楚，根本沒有資金提供，即使有也是校際交流的。我對能認識讓‧克里夫教授，已經很滿足了。

　幾個月後的一天，系秘書遞給我了一封厚厚的掛號信，信封裡有一份博士學位申請表格和學院介紹，還有讓‧克里夫留下的一封短信，他在信中寫到：

　　「……從第一次收到你的論文，我已經注意到你的工作和努力，祝賀論文發表。我已經把你的論文推薦給學院學術委員會，並表達了我的意見，希望能夠提供你一個攻讀博士學位的機會，也很樂意作為你的導師，共同學習和研究。……不過，我鄭重地提醒你，這樣的申請在學院是沒有過的，希望我的嘗試努力能獲得校方的批准……。」

　我一個字一個字細讀了幾遍，讀得滿頭是汗。讓‧克里夫

像是一個火車頭，拉著我一個站一個站地前進，給了我信心，伸出車窗，讓我看到的視野變得越來越寬。我感激他，又不明白為什麼他會這樣，內心只剩下勇氣了。

更沒想到的是，一九八八年的初夏，我收到了讓‧克里夫的第六份信件，打開一看，豁然留著他寫下的幾個字：

> 「……親愛的南，讓我高興地通知你：你已經被正式錄取為『近代法國城市與區域變遷研究』一九八八年年度秋季博士研究生，我將是你的研究導師……。真誠地祝賀你，期待你的到來。」

信封裡還有兩個附件材料：一是攻讀「近代法國城市與區域變遷研究」博士學位的錄取通知書；二是提供申請辦理簽證的學院獎學金證明。

讀著信，我的手都顫抖起來，就像從夢中澈底驚醒，幾乎懷疑我的眼睛，我竟然在「零機遇」中獲得機會，如同中了大獎。晚上躺在床上，當我的心慢慢平靜下來回想起整個過程，發現這一切，都是由於讓‧克里夫教授的默默支持和幫助，是他把我從迷茫和失望中拉起來，又帶到光明前程的路上，我在深思著，對於一個來自西方的人，對待一個完全陌生的中國人，他為什麼會有這番無私相助的情懷呢？！

一九八八年的秋天，我踏上了前往加拿大留學的路，穿越

藍天白雲，看到了清新美麗的國度，我如同再次步入夢中。

耶誕節那天，導師邀請我到他家做客，書架上擺放的相框裡，還留著他曾經寄給我的那張照片原件。他開玩笑說：「你喜歡我對照片的處理嗎？」我紅著臉不停地點著頭說：「喜歡，喜歡，太幽默可愛了。我怎麼是『專家』呢，是你的學生。」當問起我們相遇的那段經歷時，讓・克里夫笑著說：「你把一篇論文寄給一個異國的陌生學者，這需要很大的決心和勇氣，我應該幫助你，實現你的願望，學術是世界的，我樂意這樣做。」他告訴我，學校裡文科類的獎學金申請是非常困難的，他也是第一次嘗試。讓・克里夫舉起酒杯說：「祝賀我們的好運氣。」聽著他的話，我不知道該如何回答，只是不停地說：「謝謝」「謝謝了」，眼眶裡溢出了淚水。

這件事已經過去很多年了，想起那次「奇遇」，讓・克里夫就像給我生活的未知數，加了一個有效數字，從一到十地往前走，讓我看到了自己存在的價值，找到了自己，從生活盲目的低谷中走了出來，實現了遠飛的夢想。

前兩年的一天，我在大學圖書館查找資料時，無意中讀到中國學術界研究（代表性）論點綜合彙集，在關於丹東研究成果論點的詞條裡，有一段話提到了我的名字，寫到：

「作為國內學術界有代表性的三種論點，他關於丹東的評價，是三種論點中的綜合性表述，即，『強調丹東身

上存在的兩面性，嚴酷的一面和溫和的一面，應該是作
為評價他一生的基本要素』……」。

　　沒想到若干年以後，當年那篇只是想為職稱而作的論文，
獲得了這樣好的評價。我又想到了讓‧克里夫教授，如果沒有
他的鼓勵，一次又一次的幫助，沒有他提供的資料，那篇論文
早就流產了。現在，我在加拿大生活近三十年了，和這位曾經
幫助過我的教授聯繫也很少，但是，他是我一生永遠不會忘記
的一個引路人……我生命中的一位導師。

【附錄一】
尋找人性理想的共同本質
——我為什麼寫《窗子裡的兩個女人》

一、文學與「人性本質」的表述

　　文學，作為一種「人學」，寫人性的本質是文學的天然使命，也可理解為文學最永恆的主題[1]，西方早期解釋為「人文主義」，這一術語（西方稱作humanism）是文藝復興時期的時代精神，是作為中世紀基督教神權的對立物（至少是補充物）出現的，指的是一種超越動物性感性欲望和工具性功利的精神價值，也被概括為「人文精神」，所謂「人文精神」是表達了對生命的關注，是對人類的存在的思考，對人的價值、人的生存意義的關注，其精神直接地反映在文學的意義上[2]，是對人類命運，痛苦與解脫的思悟與探索。人性是人自然屬性和社會屬性的根本屬性，是肉體與靈魂於個體和群體的統一，現象與本質的統一，現實的具體的存在，無

---

[1]　陳曉明：《文藝報》，2012年，1月6日，第6版。
[2]　《人文主義與文藝復興》，《葛蘭西論文學》，人民文學出版社，1983年，第61－64頁。

論文化，歷史，種族和社會不同；也無論寫作出於愛情，戰爭，自然，生命與死亡，都不可避免地面對一個共同的本質問題，人的本身，這就是人性的最終訴求。「訴求」表現了人們對人性本質情不自禁的「表達」，無論是什麼種族與文化，而「人性訴求」具有兩個方面的理解，即正確或錯誤的情緒與思考，因此文學的「人學」概念，就是關於人性學，是探索世界上人們共同理念與美好追求的學問。作家木心在他的《文學回憶錄》裡解釋為「文學的最高意義和最低意義，都是人想瞭解自己」。文學的意義，正好在於它可以讓我們超越眼前的困境而進入保持和充實生命的本真狀態。表達人性本質，是文學最重要和最終的意義。

　　我在北美生活三十年，在接受西方文化影響，特別是「文化身分認同」方面有著積極的傾斜。在加拿大推崇多元文化的環境下，尋求人性化寫作的情緒，一直在推動著我的寫作理念與精神。作為寫作「經驗」的開始，基本產生於出國後的思考，很少受國內作家寫作思想與風格的影響。我的小說作品以本土寫作人「自居」，模糊寫作人的第二者概念，有意跨出中國作家寫作的共同模式「習慣」，在作品中以純粹和自然的生命感覺，情不自禁地表述著一種人性共同的倫理「訴求」，嚮往這種人性本質「訴求」的美好精神。我曾用「草根寫作」的概念解釋自己文學的本質性，即用作品尋找植根於泥土上所有人共同的「情懷」「精神」與愛。《窗子裡的兩個女人》講述

的故事，全部來源為最底層平民的生活，他們來自世界各地，有著不同的文化背景，不同的歷史和區域的成長經歷，是一個東西方生活整體下的圖景[3]，直接與具體生活的點滴切身利益有關，毫無疑問地面對著多元環境下「人性精神」的挑戰。我感動於魁北克當代著名作家伊夫・博歇曼的《貓街》，這部西方當代底層社會生活作品的成功，就在於用貼身的生命感覺，訴求人們生活共同的人性感動，這也是移民作家最容易直接感受的體驗，他由此獲得對自己寫作意義的信念[4]。

小說《窗子裡的兩個女人》揭示的人性特徵，從一個獨特的視角，在新移民文學中展示了一個新的思考：作為多元社會中人們的相互理解、認識、寬容，人的本質精神在不同「文化身分認同」中會怎樣呈現，移民與本土文化中「人性道德」的理念差異和矛盾將是什麼，又會怎樣共融一體；而社會共同體的人性道德上，展現怎樣的積極形態和共同的美好理想。

二、人性訴求在多元「文化身分認同」衝突中的呈現

《窗子裡的兩個女人》是關於書寫「愛」的小說，「愛」是人們共同理念中最基本的理想。在多元的加拿大社會，「愛」的倫理將怎樣定位著它的名字，我在敘述每一個故事

---

[3]　鄭南川：《窗子裡的兩個女人》，2017年，台灣出版，第3頁。

[4]　凌鼎年：《跑進屋裡的那個男人》「代序」。鄭南川：：《跑進屋裡的那個男人》，2016年，美國南方出版社。

時，都留下了關於「愛」的懸念，而這些懸念都定位在不同「文化身分認同」人的情感世界中。與國內小說故事的不同是，在文化、歷史與情感混雜的加拿大多元人群社會裡，「人性訴求」交織著不同人的心理衝擊，有的是從來沒有遇到過的，有的甚至無法從認知中找到認同，又該怎樣找到他們的共同理念。

　　〈我是謀殺者嗎？〉是一篇典型的多元文化身分下的倫理故事，故事很簡單，生活在加拿大的張融，晚飯後散步無意中看到路邊停著一輛車，窗子開著，車座椅上靠著一個人，似乎睡著了，聞到一股酒氣，旁邊椅子上還放著一個手機和一個包。他是目擊者，見到這種情況，通常應該聯繫員警或通知有關的人，可惜他沒有這樣做，他相信這人是喝醉了睡著的，或許一會就會醒來，再想到自己是移民怕多事，看看周圍沒什麼人，也沒什麼監控，就沒有打電話給員警，匆忙地離開了。沒想到第二天傳來消息，那人酒後猝死在車裡，這就是這個故事的基本內容。那麼，這件事之後會發生什麼呢？按理說，只是他一個人見到，旁邊也沒有人，如果他不說，不去想它，就當沒這麼一回事，事情也就過去了，沒人會去深入調查，不是刑事案件，不是槍殺，是自然死亡，是意外「事故」。可惜，張融的倫理道德「折磨」便從這裡開始了，他不知道這件事會給他帶來什麼樣的後果。一個移民，對新國家的法律認知幾乎是零，出國後的生活本身就是小心翼翼的，做一個安分守己的公

民，是他出國內心確定的原則。這件事從天而降，雖說這事與
自己沒有直接關係，他無法解決的問題是心理承受，而承受的
最大負擔就是一個外來人，對他來說，可能會發生什麼，他會
是謀殺者嗎？因為個人身分與文化背景的差異，其心理結果就
是恐懼。於是，小說有了可以充分發揮和伸展故事的可能，這
種可能與倫理敘事直接有關，承載著強烈的多元文化衝突中的
道德理念的思考。人死了畢竟是件大事，從那天起，張融用自
己移民文化背景的「經驗」想像著事情可能帶來的結果，是否
員警會有一天來到身邊嗎？如果不去「自首」會帶來什麼罪
過？這些說不清楚的擔心和害怕，讓他對工作失去信心，不想
出門，沉默寡言，也不敢對老婆說出實話。隨著時間的推移，
開始的恐懼一天天過去了，並沒有發生什麼事，這樣的結果，
讓張融的心得到了某種平復，但潛在的恐慌變成了「焦慮」，
他似乎想找到一個結果，如果與他無關，那麼會發生什麼，
這件事難道就成了自己心中永遠的祕密，他甚至想找到與自
己有關的「風吹草動」和「說法」，能撩起他恐慌精神的「滿
足」，心理活動也發生了「變態」。於是，他有了一個「欲
望」，想知道失去丈夫的那個女人和孩子，她們每天都在想什
麼和幹什麼，她們會為這件事偵察到底嗎？張融把事情做成這
樣，做成他自己都無法面對的現實。隨著時間的推移，他的心
理負擔，從一個移民「身分」的膽怯開始發生變化，倫理道德
的迂迴折磨，一種靈魂深處撕裂的痛苦，人性的力量在騰升，

成為了一種勇氣的開始。小說清晰地表達了他心理活動中的「嚴酷」過程，張融不知道自己的能量有多大，能頂住多少，又能多久，最終會是什麼結局。他無論如何跨不過那個坎，就是良心的譴責。他開始有了精神上的變化，「忽略」自己的恐懼，決定就是承擔法律責任，就是坐牢，就是保不住加拿大公民權，道德自瀉，他也想要面對事實，把自己經歷和看到的一切都說出來，說給那個母親和孩子聽。故事的結局沒有讓他「實現」自己的願望，當他再次勇敢地來到那個女人和孩子的家門前時，因為無錢繼續支付貸款，女房東已經出賣了房子，她們母女已經不知何去。沉重的打擊讓張融的心澈底崩潰，大腦空白，成了精神病者。當移民開始在新環境下的生活時，對於很多「差異」，他們更多地理解為一種不同地域與文化的「現象」，這些現象有時被看成「習慣」，很多人理解為不同的前提下，對自身的文化產生一種「自責」，認為是融合主流需要克服的某些「情結」，事實上這是一種倫理「糾葛」，並非只是一種「習慣」，是在不同「文化身分認同」下的表現，顯得更為複雜，充滿了對人性理念的自我衝突和「鬥爭」[5]。

〈自首人〉敍述的是關於誠信與懺悔的故事，這篇小說描寫了一個在加拿大生活了五年的華人王湧，在雪後的一個黃昏，駕車回家，無意中撞人而不知，後來又意外知道可能是自

---

[5] 鄭南川：《新移民文學中的文化心理寫作……以短篇小說「我是謀殺者嗎？」為例》，《中外論壇》，紐約，2017年第6期，第4頁。

己撞了兒子的同學菲力浦。在倫理道德的強烈自審後，他決定去自首，可警察局不接受他的自首，因為沒有證據、證人，而且菲力浦一家也沒理由怪罪於他。這樣，他開始了自尋證據，自行贖罪，自我懺悔。整篇作品沒有丁點文字說誠信，但通讀下來，全篇都在講誠信，良心自責，到處走訪，尋找證人，證明自己有罪，這在人性情緒的爭鬥中，給讀者擺出的是活生生的人性境界[6]，我們該如何面對它，這樣的精神世界對不同文化背景下的人來說，似乎是可以獲得共同的理念意識和理解的，因為是純粹的「愛」，像是命運的共同良心。

〈一個癌症患者和他的愛人〉敍述一對加拿大人和中國人夫妻比較的故事。不同「文化身分」下，他們在道德審視有著不同的「考量」。布朗和琳達是一對愛人，他們每天都散步到雜貨鋪，布朗買一包煙，琳達買一張彩票。後來布朗患了癌症，雖然減少了吸煙的次數，但依然保持了抽煙的習慣，對於他來講是一件「艱難」的事情。琳達並沒有強迫他停止吸煙，而是陪他走完了最後的日子。布朗去世以後，琳達有一次買了一包布朗吸的那個牌子的煙，準備去墓園看他，因為儘管吸煙有害健康，但布朗這輩子就是離不開煙，琳達愛的方式就是理解，尊重人性，絕不強求他改變自己，放棄自己喜歡的事情。中國的一對愛人的表達則不太一樣，阿勤對丈夫表達愛的方式

[6] 凌鼎年：《跑進屋裡的那個男人》「代序」。鄭南川：：《跑進屋裡的那個男人》，2016年，美國南方出版社。

是禁止他抽煙，責罵他，甚至傷害他的感情，特別是布朗被查
出患有癌症以後，這是很東方式的文化特徵。阿勤夫婦和布
朗、琳達相處的過程中，他們倆受到很大的觸動，發現「愛」
完全不是「強制」的，更多是道德意義上的相互認同和理解。
後來阿勤改變了自己，主動問丈夫要不要抽煙，而丈夫則主動
戒了煙。煙，傷害人體人人皆知，但它被一些人所喜愛，就不
可避免的面對道德上的寬容，這在寫作人的敘事中，表達的含
義遠遠超於一般意義的「愛」。這是東西方對愛表述的「干預
和控制」與「尊重和自由」的深刻展示。

再如〈阿珍就這樣愛情〉、〈手背上的翠花〉兩篇小說，
前者敘述了亨特離婚兩次後，找了中國媳婦，兩人情篤，幼女
意外去世後，亨特更懂得珍惜愛情，該文還特意對比書寫黃慧
失敗的異國戀，側面烘托阿珍的幸福美滿；後者敘述了一個叫
翠花的中國女孩，被加拿大威廉夫婦收養，視為珍寶。紋身店
老闆馬克拜這可愛女孩為師學中文，並將翠花筆下美麗的中國
畫作為紋身圖示。因加拿大興起中國潮，翠花的字畫無意間點
亮了馬克的生意。不幸，翠花卻患白血病逝去，馬克在手背上
刻下「翠花」的紋身，懷念這位可愛的女孩。他們的故事同樣
在「愛」的「倫理敘事」裡，表達出一種人性化的「氛圍」。

短篇〈窗子裡的兩個女人〉卻從另外一個角度，反映了
「文化身分」截然不同的兩種人，在同一個社會環境下面對
倫理選擇。畫家史密斯住在大廈頂層，窺看到對面的中國和

法國女子，她們都在孤獨地面對生活，各有其苦。這類似於
希區柯克驚悚窺視電影《後窗》，但不講犯罪不講偵探，而
講人生的無奈[7]。他畫下來的兩女外像，卻無法走入其內心，
也不再期待打開窗子發現更多驚喜。每個人的生活都是自
己的，都有難以啟齒的一面，道德世界對自己有時也毫無選
擇。其他篇小說〈「得得」之死〉、〈為什麼地鐵的火車不
休假〉、〈「一塊錢商店」的禮物〉和〈「性格病」患者〉
等作品，都敘述了類似文化差異下的倫理糾葛，讓人深深思
考。作為海外作家的優越性，我可以站在一個雙軌的鐵道中
間，對於駛去車輛兩軌產生的共鳴，他聽到了一種不一樣的
聲音，這種聲音的「氛圍」是在不同「文化身分認同」，不
同人文狀態下的「新現象」和再思考。小說表達的不僅僅是
事實的存在，還提醒人們關注這種「存在」的共性和不同
性，重要的是他們的人性意境將是什麼。

三、人性訴求與人們共同理想的表達

　　人性意識的存在，無論是東方或西方，在貧困或富有，在
種族或膚色等等之間，都保持著「默契」的共識，人們會從自
我的感受中，展示出功德的價值傾向。文學作品的「純文學」
價值，在拋棄思想概念和民族情感意義的理念之外，倫理道德

---

[7]　凌逾：《加拿大開出唐人花……評鄭南川小說集「窗子裡的兩個女人」》，
《人民日報》（海外版，文學觀察），2018年2月7日。

的概念在敍事和批評中，是最重要的表達和展示。我感慨生活
給我帶來的心理變化，在海外幾十年之後，看待世界的眼光
更加多樣化和豐富多彩。作為移民文學，思考的路子從創業打
工，身分認同，文化交融，生命的實踐無處不在，碰撞在衝擊
情感，故事在多元文化的氛圍中「脫變」，寫作成了一種倫理
批評的「情感釋放」，一些小生活和點滴經歷就有一場「大」
的心理搏鬥，作家都要含淚疾書，有時痛苦不堪，有時迷惑不
解。在語言不同，生活方式不同，文化歷史不同的現實社會
中，文學最終想找到的只剩下一個理念精神，這就是我們人性
本質和人們的共同性，也就是我們倫理道德的共同歸宿[8]，這
也直接性地表現了文學的本質。與一些作家不同的是，我的小
說，更多的是想從苦難的，悲傷的，歡樂的和幸福的故事中找
到可以歸屬於美好的意境。

　　〈窗外的那片風景〉是小說集中最不具故事性的一篇，講
的是魁北克冬天蒼白世界裡發生的一段「蒼白」的故事。藍沁
和她的丈夫決定把家安在加拿大，為的是一個共同的理想，讓
孩子從小獲得海外的教育，有一個美好的未來。於是買了房，
藍沁帶孩子生活在國外，丈夫在國內掙錢養家。這樣的分居生
活，開始了一段他們萬萬沒有想到的結局。藍沁在孤單、文化
衝擊、猜忌和不正常的夫妻生活中走向「病」況，最終得了嚴

---

[8]　鄭南川主編：《「普丁」的愛情》，2017年，加拿大蒙特利爾出版，第321頁。

重的憂鬱症，家庭幾乎走向分裂。小說的整個情節只是圍繞著一個女人，凝望窗外的那片雪展開，故事極其簡單，蒼白的大雪融化的是藍沁蒼白的心。在「倫理敘事」上，作者用文學的「鏡頭語言」，幾乎沒有對話的方式，讓鏡頭描繪出了一個倫理道德「潰爛」的過程。當地一位電影人讀完小說曾頗有興趣地說，這是一部無言的情景畫面悲劇，試圖拍成電影，其主題就是倫理道德的自我「審判」。當人們拋棄自身需求的基本需要，非「人性化」的選擇「理智」，其結果可能變裂成倫理道德的破裂，這就是小說人性本質的必然結果。無論什麼人，即使是最能容忍與「理解」的中國女人，也逃不了道德法則的審判。不過，小說的結局以歸宿感的美好人性精神結尾，他們的家庭最終走到一起，彌補了一段創傷的經歷，走回了一家團聚相愛。小說〈琴和她的妮西娜〉講述的也是一個人性情感「顛覆」的故事。琴出國為了收拾破碎的心，買了一隻取名為妮西娜的貓來陪伴自己。琴每日攬鏡自照，最終患了憂鬱症，被迫回國。半年後，琴收到房東的信說，悲切的小貓每日照鏡，最後鑽到了汽車下面身亡。貓的一舉一動都投射出主人的情緒，代主人受過，慘絕的結果。

　　小說〈媽媽，讓我走吧！〉，是發生在我真實朋友身上的故事，講述了一個二十多歲男孩因吸毒，幾經出入戒毒所，最終仍無法征服自己而放棄的故事。在這個故事裡，母親用盡了最大的母愛與勇氣，但她最後平靜地面對兒子的選

擇，放棄了兒子，把眼淚嚥進肚裡，她的倫理世界只剩下
「放棄」。如果兒子的精神軀體已經走到盡頭，作母親的有
勇氣站出來和孩子告別嗎？這篇帶著傷感情緒的小說，尖刻
地提出了一個問題，人性美好的意境，可能有時是悲傷的，
是人們無言的勇氣。如果說疼愛的倫理可以讓母親再逼兒
子進戒毒所，承受「煎熬」，那麼無法自救兒子的選擇，當
然也不能說不是母親堅守人性的大愛。我在小說〈他為什麼
不能真正死去〉中，曾這樣描寫一個死去父親的最後「獨
白」：「他從來沒有在那裡待過（停屍房），很黑，狹窄的
被緊緊地捆住了，翻身的可能性都沒有。他覺得自己是一塊
石頭，僵硬地放在寒冬裡，流出的淚都是冰，可惜了蓋在身
上的那塊布，像是憐憫身子，沒有絲毫感覺。他覺得自己要
走了，唯一的牽掛就是兒子，他使勁地想，還能見他一面
嗎……[9]」。這樣的情感是天經地義的，是骨子裡的愛，正如
這個母親在最刻骨的子愛面前，她在倫理世界裡做了一個最
理智和平靜的選擇，這就是文學的思考和爭議，是「人性訴
求」的問號。

　　在小說集中，我更多地筆墨放在了世界人性道德的寬容
與關愛之中。〈墓地裡的祕密〉講敍的是一個同性戀的故事。
母親為兒子幫帶寵物狗幾天，狗兒總愛到墓地，由此發現兒子

---

[9]　鄭南川主編《「普丁」的愛情》（小說集），2017年加拿大蒙特利爾出版，第
　　322頁。

的同性愛人死去的祕密。母親在這個經歷中，最終理解了兒子的愛，知道了兒子在愛的面前如此堅強，母親在感情理解上發生了巨大變化，世界的愛就是如此豐富和博大，她為兒子而感動，兒子也終於解開心結。〈赤裸的小屋〉講述了類似的故事，表達作者對人性美好意境的渴望。小說〈尋找丟失的記憶〉，卻講一男子因為搬家，記憶中有一件東西需要「尋找」，尋來找去，原來找的是一個飛燕瓷碗和睡褲，這關聯著故鄉母親溫情的物件。而〈墓誌銘〉講述了修女寫遺囑立碑的祕密，原來為了紀念修女院的創始母親，承愛感恩。

除此以外，我在小說中還嘗試以充滿著樂觀主義，西方某些幽默情緒的筆調抒寫，〈我愛你〉和〈跑進屋裡的那個男人〉就是兩篇很具幽默特色的快樂小說。〈我愛你〉敘述因出國而成為單身母親的葉敏，寒苦十年，突然不時收到明信片，都寫著「我愛你」的字樣，在尋找嫌疑人的過程中，她和早有好感的質檢員赫拜約會，找到了真情。原來賀卡是女兒丹丹聽老師講兒子安慰絕望母親故事後的模仿，卻不料引發了媽媽的愛情再生，始料未及皆大歡喜。〈跑進屋裡的那個男人〉更是一個幽默和浪漫的故事。夏緯旅遊三周回來後，發現租屋住進了個男人，文森自稱是鄰居租客仰慕者，後來兩人相處生情，夏緯意外發現文森是中加混血兒，爺爺是中國人，他卻像足老外，因為對中國文化的著迷，還想娶個中國女孩，一起回去中國創業，最終他們相愛了，這實在

是一齣圓滿的愛情故事。這些故事，以道德的美好意境收尾，在加拿大這個奇妙的多元化國家裡，人們對美好世界的追求是一致的，倫理世界的理想也是一致的。每一個故事都與愛有關，都在表達一個重要的精神理念──愛，是共同的、博大和寬容的，這是人性意境的本質。

　　《窗子裡的兩個女人》是一部完全跨越中國人寫中國事的小說，我在一篇論文中曾固執地提出「新加拿大人文學」的概念[10]，這是因為像《窗子裡的兩個女人》這樣的小說，已經把自己情不自禁地放在了加拿大這個多元社會的大環境裡，就像加拿大文學那樣，用加拿大中國人的眼睛看加拿大，看加拿大所有的人，寫出我身邊的故事，結果可能是把它寫成了「不倫不類」的文學，這似乎正好驗證了加拿大「多元化」的精神。不過，我還是不想這樣簡單的劃分，因為我覺得它更像是華文文學，表達了深受中國文化影響的，用另一種視角看世界的文學，同樣屬於中國文學的一部分。當然，我的寫作思路有了變化，文學的立足點不同了，試圖在不同文化和種族中，尋找文學的共同命運，這就是「人性本質」中的所有人，關於人性的美好和這個世界。

2018年3月蒙特利爾完稿

---

[10]　鄭南川：《文化身分認同與北美「新移民文學」若干問題的再思考》，《江東學刊》，2017年第4期。

【附錄二】
關於「新加拿大人文學」的概念之我見

　　加拿大作為一個移民國家，移民文學的概念一般指不同於主體加拿大人（本土英、法籍），而是其他外來人的文學。這種文學在一般意義上來講，具有如下特徵：一是出自移民之手；二是有不同的文化和歷史背景；三是內容直接涉及到本土與移民生活本身；四是文學可能偏離主體文化的精神；五是直接延續輸出國的生活價值觀和生活內涵；六是用不同語言文字寫作。所以，可以說移民文學，是加拿大文學的「邊緣」部分，從兩種意義上解釋，一方面，可以劃為「多元文化」的一部分；另一方面，也可能與本土生活無關，成為輸出國文學的延伸或輸出國文學的部分。

　　從嚴格意義上來講，移民文學的概念會「混淆」了本土文學的特徵，而「誤解」為加拿大文學。例如：很多移民後的寫作者，寫的遊記、觀感和生活隨筆，儘管他們已經生活在本土，但事實上基本沒有進入本土社會和文化的門檻，很像一個「觀賞者」和「外來人」在評述著眼前的事件。在更大意義上，是站在一個自身文化歷史的理解上看別人，他們筆下的敘述本質是嚴重缺乏「文化身分認同」的，或者說根本就缺乏生

活的過程。當然個人思想的轉變，確實存在著時間過程的不斷理解和認識。再例如，移民寫作的另一個特徵，就是「延長」原居住地生活的寫作，把新生活的故事寫成「創業史」，或者「中國文學的域外情結」，早期的「北京人在紐約」的寫作就是最好的代表，延續到今天，寫富二代海外經歷和中國人海外生活的揚眉吐氣等，這些都很難認定為是加拿大移民文學的一部分。有一個很簡單和很重要的理由：我們的移民寫作者，沒有從本質上置身於加拿大人的精神和情結中，以加拿大人的命運關聯在一起，寫我們在新國家中的命運。

「新加拿大人文學」的概念，應該具備下面的主要特徵：

首先，寫作者要有相當一段新加拿大生活的體驗（或經歷），瞭解和認識新生活的基本特徵和方式（時間意義）。簡單地說來，物質決定精神的概念是適用的，感受是重要的，自身文化感受和對新文化感受，需要一個「公正」理解的過程，而不是用自己文化的意識取代對現實全部的理解。生活經歷和時間的過程，是必須過渡的時空先決條件。

其次，要在思想上（世界觀）很好地解決一個「文化身分認同」問題，這是極為重要的一個方面（思想意義）。這裡有兩個重要的基本點：一是主人公精神，放棄外來人「情緒」，站在一個加拿大人的位置上寫作。我們身邊的很多寫作者，他們始終緊抱著「中國式的認同」看加拿大生活，即使在海外生活多年，仍然是一個「中國人」，生活方式與思維的中國化，

觀點仍然是中國式的；二是主觀精神，要體現出加拿大的價值
觀，文學的思想同樣要有加拿大的價值精神。例如，如何從中
國式的文學觀中找到加拿大文學觀的價值，中國文學的文化意
義，宣導寫人與人的活動，人與人的博弈，這對於加拿大寫作
人來說，似乎是不可理喻的，加拿大文學的文化意義，更宣導
寫人性精神，寫自然與人的結合和人的精神追求。

　　第三，要跳出「中國文學的域外情結」，把海外文學寫
成中國文學的延續。我們不否認文學的海外「延續」，也可
以叫做「華人文學」的一部分。但是，另一部分則是加拿大
文學特徵的華人文學，寫的是華人融合於加拿大的生活，或
者說是加拿大意義上的移民生活，這種生活有著新加拿大
人「質」的特徵，他們的生活在文化，歷史和思想意義上有
「新」的變化，是加拿大文學的「純粹」部分，是中國讀者
感到不同和「異樣」的加拿大中國人的生活，在本質上完全
不同。

　　創造一個新的寫作氛圍也很重要，寫作者要放開自己的視
線，深入本土生活實踐。特別要敢於放棄中國式寫作的模式，
充分地意識到新生活的思維領域的廣闊，例如，思考人性意義
的生活體驗，自然存在的美妙創造，科學與幻想的新思考。可
以根據移民生活的特點，可以尋找「邊緣文學」中的不同特
質，寫出加拿大少數民族中的移民文學的另一方面。

　　「新加拿大人文學」是特指移民文學而提出來的，主要針

對加拿大移民寫作者，加拿大文學的存在和發展與「新加拿大人文學」沒有關係。

語言文學類　PC0760　北美華文作家系列30

在另外一個世界死去
——鄭南川文集

作　　者/鄭南川
責任編輯/林世玲
圖文排版/林宛榆
封面設計/楊廣榕

發 行 人/宋政坤
法律顧問/毛國樑　律師
出版發行/秀威資訊科技股份有限公司
　　　　114台北市內湖區瑞光路76巷65號1樓
　　　　電話：+886-2-2796-3638　傳真：+886-2-2796-1377
　　　　http://www.showwe.com.tw
劃撥帳號/19563868　戶名：秀威資訊科技股份有限公司
　　　　讀者服務信箱：service@showwe.com.tw
展售門市/國家書店（松江門市）
　　　　104台北市中山區松江路209號1樓
　　　　電話：+886-2-2518-0207　傳真：+886-2-2518-0778
網路訂購/秀威網路書店：https://store.showwe.tw
　　　　國家網路書店：https://www.govbooks.com.tw

2019年4月　BOD一版
定價：230元
版權所有　翻印必究
本書如有缺頁、破損或裝訂錯誤，請寄回更換

Copyright©2019 by Showwe Information Co., Ltd.
Printed in Taiwan
All Rights Reserved

國家圖書館出版品預行編目

在另外一個世界死去：鄭南川文集 / 鄭南川著.
-- 一版.-- 臺北市：秀威資訊科技, 2019.04
　　面；　　公分. -- (語言文學類；PC0760) (北
美華文作家系列；30)
　　BOD版
　　ISBN 978-986-326-665-5(平裝)

855   108002337

讀者回函卡

感謝您購買本書，為提升服務品質，請填妥以下資料，將讀者回函卡直接寄回或傳真本公司，收到您的寶貴意見後，我們會收藏記錄及檢討，謝謝！
如您需要了解本公司最新出版書目、購書優惠或企劃活動，歡迎您上網查詢或下載相關資料：http:// www.showwe.com.tw

您購買的書名：＿＿＿＿＿＿＿＿＿＿＿＿＿＿＿＿＿＿＿＿＿＿＿

出生日期：＿＿＿＿＿年＿＿＿＿＿月＿＿＿＿＿日

學歷：□高中 (含) 以下　　□大專　　□研究所 (含) 以上

職業：□製造業　□金融業　□資訊業　□軍警　□傳播業　□自由業
　　　□服務業　□公務員　□教職　　□學生　□家管　　□其它＿＿＿

購書地點：□網路書店　□實體書店　□書展　□郵購　□贈閱　□其他

您從何得知本書的消息？

　□網路書店　□實體書店　□網路搜尋　□電子報　□書訊　□雜誌
　□傳播媒體　□親友推薦　□網站推薦　□部落格　□其他＿＿＿＿＿＿

您對本書的評價：(請填代號　1.非常滿意　2.滿意　3.尚可　4.再改進)

　封面設計＿＿＿　版面編排＿＿＿　內容＿＿＿　文／譯筆＿＿＿　價格＿＿＿

讀完書後您覺得：

　□很有收穫　□有收穫　□收穫不多　□沒收穫

對我們的建議：＿＿＿＿＿＿＿＿＿＿＿＿＿＿＿＿＿＿＿＿＿＿＿

＿＿＿＿＿＿＿＿＿＿＿＿＿＿＿＿＿＿＿＿＿＿＿＿＿＿＿＿＿＿＿

＿＿＿＿＿＿＿＿＿＿＿＿＿＿＿＿＿＿＿＿＿＿＿＿＿＿＿＿＿＿＿

＿＿＿＿＿＿＿＿＿＿＿＿＿＿＿＿＿＿＿＿＿＿＿＿＿＿＿＿＿＿＿

請貼
郵票

11466
台北市內湖區瑞光路 76 巷 65 號 1 樓

秀威資訊科技股份有限公司　　　　收

BOD 數位出版事業部

....

（請沿線對折寄回，謝謝！）

姓　　名：＿＿＿＿＿＿＿＿＿＿　年齡：＿＿＿＿＿　性別：□女　□男

郵遞區號：□□□□□

地　　址：＿＿＿＿＿＿＿＿＿＿＿＿＿＿＿＿＿＿＿＿＿＿＿＿

聯絡電話：(日) ＿＿＿＿＿＿＿＿＿＿　(夜) ＿＿＿＿＿＿＿＿＿＿

E - m a i l：＿＿＿＿＿＿＿＿＿＿＿＿＿＿＿＿＿＿＿＿＿＿＿＿＿